कगार की आग

कगार की आग

हिमांशु जोशी

वाणी प्रकाशन ग्रुप
भारतीय ज्ञानपीठ
वाणी प्रकाशन : भारतीय ज्ञानपीठ की पुस्तकों के एकमात्र प्रकाशक एवं वितरक

लोकोदय ग्रन्थमाला : ग्रन्थांक 395

पेपरबैक पहला संस्करण : 1976
पेपरबैक पाँचवाँ संस्करण : 1994
पेपरबैक आठवाँ संस्करण : 2008
पेपरबैक दसवाँ संस्करण : 2014
पेपरबैक ग्यारहवाँ संस्करण : 2017
पेपरबैक बारहवाँ संस्करण : 2020
पेपरबैक तेरहवाँ संस्करण : 2022
पेपरबैक चौदहवाँ संस्करण : 2026

वाणी प्रकाशन : भारतीय ज्ञानपीठ की पुस्तकों के एकमात्र प्रकाशक एवं वितरक

वाणी प्रकाशन

4695, 21-ए, दरियागंज, नयी दिल्ली-110 002
दूरभाष : 011-23273167, 23275710
ईमेल : sales@vaniprakashan.in
www.vaniprakashan.com

ISBN : 978-81-263-1979-4

मूल्य : ₹ 150

कगार की आग

(उपन्यास)

हिमांशु जोशी

KAGAR KEE AAG
(Hindi Novel)
by Himanshu Joshi

मुद्रक : आर. टेक ऑफ़सेट प्रिंटर्स, दिल्ली-110 032

उन सबको
जिनकी यह कहानी है।

आरम्भ में

(पहले संस्करण से)

एक गाँव की कहानी है यह। गाँव का नाम कुछ भी हो सकता है। किसी भी नाम से पात्रों को सम्बोधित किया जा सकता है। क्या अन्तर पड़ता है इससे !

यह उन अभिशप्तों की जीवन-गाथा है, जो समाज द्वारा बहिष्कृत किये गये हैं, सदा के लिए तिरस्कृत !

सच पूछें तो दुख की साकार, सदेह प्रतिमाएँ हैं ये। दर्द के जीते-जागते पुतले ! गोमती, पिरमा, खिमु'का—ये सारे चित्र यन्त्रणाओं की स्याह-सफ़ेद रेखाओं से चित्रित किये गये हैं, काल की तूलिका से !

वृद्ध खिमु'का आज भी जीवित हैं—इस व्यथा-कथा के साक्षी। बित्तेभर की चौरस भूमि की ओर इंगित कर कहते हैं, "हाँआ, यहीं पर थी वह झोंपड़ी, दो भाई रहते थे यहाँ। बड़े का नाम पिरमा था और छोटे का...।" इससे अधिक कुछ न कहकर, न जाने किस दृष्टि से शून्य में ताकते रहते हैं !

यहाँ अब ऊँची-ऊँची घास, सिंसुड़े के कँटीले पौधे उग आये हैं। फँइयाँ का नन्हा-सा नाज़ुक बिरवा मिट्टी की दीवार के उस पार झाँक रहा है।

आज भी दिन-रात धौंकनियाँ चल रही हैं। ठण्डा लोहा तप रहा है। गरम लोहे पर ठण्डे लोहे का आघात ! आग के छींटे बिखर रहे हैं।

दूर कहीं अन्धकार में एक मानवाकार छाया-सी आज भी कभी-कभी उभरती दिखलाई देती है तो लोग दहशत से घरों के किवाड़ मूँदकर छिप जाते हैं।

गोमती की यह सच्ची कहानी मैंने सच-सच नहीं लिखी। यदि सच लिखता तो लोगों को सच न लगती। इसलिए उसकी अन्तहीन यन्त्रणाओं को कहीं-कहीं

स कम करने का अपराध-भर मैंने अवश्य किया है, ताकि यह सच्ची कहानी झूठी न लगे।

गोमती अब कहाँ है ?

कुन्नू का क्या बना ?

मुझे स्वयं पता नहीं। हाँ, कुछ दिन पहले उस गाँव अवश्य गया था, जहाँ गोमती रहती थी कभी। उसकी वृद्धा माँ का अभी-अभी देहान्त हुआ है। लोगों से गोमती के विषय में पूछा तो कुछ भी पता न चला। गाँव के कुछ पढ़े-लिखे लोगों को अवश्य शिकायत थी कि मैंने उनके गाँव की अन्तरंग बातें जगजाहिर क्यों कीं ? अख़बार में क्यों लिखा ? गोमती के चरित्र पर लांछन क्यों लगाया ?

गोमती के चरित्र पर लांछन की भूल मैं कैसे कर सकता हूँ ? वह तो किसी भी सती-सावित्री से ऊँची थी !

इस उपन्यास पर पाठकों की प्रतिक्रिया देखने लायक थी। गाँव की इस सीधी-सादी कहानी में ऐसा क्या है, जो उन्हें कहीं इतना गहरा छू रहा है—मेरी समझ में यह बात अब तक नहीं आयी। 'छाया मत छूना मन' के पश्चात् मेरे लिए यह एक और आश्चर्य है !

इसे मैं अपना परम सौभाग्य मानता हूँ कि साधारण पाठकों के साथ-साथ प्रबुद्ध लोगों को भी यह कहानी रुचिकर लगी। पाठकों का जो अपरिमित स्नेह मुझे मिला, वह किसी भी लेखक के लिए ईर्ष्या का विषय बन सकता है।

साहित्य को मैंने मात्र मनोरंजन के लिए नहीं, मिशन के रूप में लिया है। मेरा प्रयास रहा है कि असंख्य यन्त्रणाओं से घिरे गूँगे आदमी को स्वर मिले। यों मेरा दुख-दर्द उनके दुख-दर्द से अलग कहाँ है ? वस्तुतः उनके माध्यम से मैंने अपनी व्यथा को ही वाणी देने की कोशिश की है।

इन विवश लोगों की व्यथा आपको कुछ सोचने के लिए विवश करे तो समझूँगा कि मेरा प्रयास विफल नहीं रहा।

18 फ़रवरी, 1976

— **हिमांशु जोशी**

कगार की आग
(पाँचवें संस्करण पर)

'कगार की आग' को प्रकाशित हुए अब लगभग बीस वर्ष होने को आये हैं। इन दो दशकों की अवधि में कितना कुछ नहीं बदला ! आज सब एक सपना-सा लगता है।

मुझे याद आ रहा है, जब यह 'साप्ताहिक हिन्दुस्तान' के 'रजत जयन्ती विशेषांक' में प्रकाशित हुआ था, तब पाठकों के पत्रों का कैसा अम्बार लगा था ! उन सैकड़ों पत्रों में एक पत्र यशपाल जी का भी था, जिसमें उन्होंने लिखा था कि पहाड़ी जन-जीवन का बड़ा सशक्त सजीव चित्रण हुआ है, इस उपन्यास में। इस पर्वतीय अंचल को मैंने कई बार निकट से देखा है। वे अतीत की स्मृतियाँ इसे पढ़कर पुनः साकार हो आयीं। हमारे प्रायः सभी पर्वतीय क्षेत्रों का जन-जीवन इसी तरह का है—संघर्षमय !

यशपाल जी मूलतः हिमाचल प्रदेश के थे।

कुछ वर्ष बाद दिल्ली में 'विश्व हिन्दी सम्मेलन' का आयोजन हुआ। उसमें प्रायः सारे संसार से हिन्दी विद्वान / हिन्दी-सेवी आये थे। इन्हीं में एक थे—चीन के पेइचिंग विश्वविद्यालय में हिन्दी प्राध्यापक प्रो. ल्यु-को नान।

जब वे भारत से स्वदेश लौट रहे थे, मैंने भेंट-स्वरूप उन्हें यह पुस्तक प्रदान की।

जाते-जाते मैंने कहा, "इसे आपको दे तो रहा हूँ, परन्तु पढ़िएगा नहीं। क्योंकि आंचलिक शब्दों की बहुतायत से आपको पढ़ने में कठिनाई होगी। एक मित्र के नाते मेरा कर्तव्य बन जाता है कि आपके प्रति कुछ भी ऐसा न करूँ,

जिससे आपको किंचित् कष्ट हो...।''

ल्यु-को नान जी अपनी निश्छल हँसी में देर तक हँसते रहे थे।

बात आयी-गयी हो गयी !

तभी कुछ महीने पश्चात् एक दिन देखता हूँ, उनका एक पत्र मेरी मेज़ पर पड़ा है। उन्होंने बड़े कलात्मक ढंग से अपने हस्तलेख में, हिन्दी में लिखा है—

'' 'विश्व-हिन्दी सम्मेलन' के समय आपने अपना उपन्यास 'कगार की आग' मुझे भेंट किया था। और इसे न पढ़ने का आग्रह किया था। पर सच कहूँ तो इसे आपने इतना अच्छा लिखा है कि मैं एक ही साँस में पूरा पढ़ गया। मुझे बहुत पसन्द आया। शायद इसी लिए कि इसकी कहानी मेरे ही परिवार की अपनी कहानी है। चीन में 'मुक्ति आन्दोलन' से पूर्व मेरी एक भानजी थी बहुत सुन्दर, बहुत तेज। वह मुझे मामाजी कहकर पुकारती थी, हालाँकि उम्र में मुझसे दो-तीन साल बड़ी थी। वह मेरी बहन की मँझली बेटी थी...।

''बचपन में अक्सर वह हमारे घर आया करती थी, और हम दोनों साथ-साथ खेलते थे। दौड़ने में, पेड़ पर चढ़कर अंगूर तोड़ने में, मछलियाँ पकड़ने में मैं हमेशा उससे पीछे रह जाता था। लेकिन वह बेचारी ग़रीब घर में जन्मी थी। पिता खेत मजदूर थे। माँ ज़मींदार के घर में नौकरानी। हमारा घर स्वयं इतना ग़रीब था कि हम उनके परिवार की, चाहते हुए भी कोई मदद नहीं कर पाते थे।

''एक दिन अनायास उसकी शादी हो गयी और वह रोती-रोती विदा हुई। पता चला कि उसका पति तो एकदम अन्धा है ! तब भानजी की उम्र केवल चौदह साल की थी...। कई बार वह घर भाग आयी, लेकिन हर बार पकड़ी गयी और हर बार मार-मार कर अधमरी कर दी गयी। पर फिर भी उसने हार नहीं मानी। उसकी हिम्मत कभी नहीं टूटी। आख़िरकार वह भागने में एक दिन सफल हो गयी। कहाँ चली गयी, किसी को मालूम नहीं। न मेरे माता-पिता, न मेरे बहन-बहनोई ही उसके बारे में कुछ जानना चाहते थे और न कोई इस सम्बन्ध में किसी से कुछ पूछता ही था। क्योंकि इस तरह औरत का भाग जाना माता-पिता और रिश्तेदारों के लिए कलंक समझा जाता था...।

''मुक्ति के बाद मैं एक ज़मीन-सुधार दल में शामिल होकर पड़ोसी ज़िले में गया। वहाँ मुझे मालूम हुआ कि एक ज़मींदार से संघर्ष करते समय, उसके काले-कारनामे से मेरी प्यारी भानजी की जान चली गयी। आपका यह उपन्यास पढ़ते-पढ़ते मुझे अहसास होता रहा कि इसकी नायिका गोमती और कोई नहीं, मेरी ही दिवंगता भानजी है। जो अब भी जीवित है, और विशाल भारत-भूमि में आज भी अपने बच्चे का हाथ थामे अँधियारे में, पता नहीं कहाँ जा रही है !

चीन में तो सुबह हो चुकी है, लेकिन वह बेचारी पता नहीं, कैसे भटकती-भटकती भारत पहुँच गयी ! क्या करें ?

"आपको पत्र लिखने का मकसद यह है कि मैं अपनी प्यारी भानजी को अपने देश वापस बुलाना चाहता हूँ, ताकि यहाँ चीन की उसकी बहनें उसकी दुखभरी राम-कहानी समझ सकें। पता नहीं, आप इज़ाजत देंगे... ?

"अगर आप अनुमति दें तो मैं इसका मूल हिन्दी से चीनी में अनुवाद का कार्य आरम्भ करूँ ! अगर हाँ, तो उसके लिए एक भूमिका और अपना संक्षिप्त परिचय भेजना न भूलें...।"

सुप्रसिद्ध बर्मी लेखक उ पारगू ने भी इसे मूल हिन्दी में पढ़ा। उन्होंने भी कहा, "यह तो हमारे देश बर्मा की जैसी कहानी है।"

कोंकणी के लेखक चन्द्रकान्त केणी ने इसका बहुत वर्ष पूर्व कोंकणी में रूपान्तर किया था। मैंने कहा, "आप अनुवाद से पूर्व स्थानीय बोली के शब्दों का अर्थ पूछ लेते तो अनुवाद और अधिक अच्छा होता...।"

उन्होंने उत्तर दिया, "हमारे समाज की परिस्थितियाँ पर्वतीय समाज से अधिक भिन्न नहीं। हमें कहीं यह अपने ही प्रदेश की जैसी कहानी लगती रही, इसलिए कठिनाई का प्रश्न कहाँ उठता ?"

उड़िया की अग्रणी लेखिका डॉ. प्रतिभा राय ने मूल हिन्दी से इसका उड़िया में अनुवाद किया, जिसके दो संस्करण हुए। उनका कहना था कि मौलिक उड़िया लेखन के मुक़ाबले में यह पुस्तक अधिक बिकी। नारी-शोषण और सामाजिक विसंगतियों की स्थितियाँ वहाँ भी कमोबेश वैसी ही हैं...।

एक पत्रकार/लेखिका ने कहा था, "आपातकाल के दौर में जब मैं मध्यप्रदेश के किसी जेल में थी, तब 'साप्ताहिक' में इसे पढ़ा था। मैंने ही नहीं, पचास से अधिक राजनीतिक बन्दियों ने भी। पढ़ते-पढ़ते इसके पन्ने बिखर गये थे। मैं ज़िन्दगी में दो ही बार रोयी, पहली बार जब मेरी माँ का निधन हुआ और दूसरी बार जब यह उपन्यास पढ़ा...।"

एक उपेक्षित, तिरस्कृत लोहारों के गाँव की इस साधारण-सी कहानी में ऐसा क्या है ? यह रहस्य समझ नहीं पाया। अब पूरे तीस-चालीस वर्ष बीत रहे हैं उस परिवेश को देखे। एक बार मन करता है, उस गाँव को फिर देखूँ ! देखूँ, वह गोमती कहाँ है, जिसके संघर्षों की गाथा, भारत में ही नहीं, चीन, बर्मा, नार्वे आदि अनेक देश के वासियों को अपनी, नितान्त अपनी लगती है। क्यों ?

21 जून, 1994

— **हिमांशु जोशी**

कगार की आग

(सातवें संस्करण पर)

निर्धूम अग्नि-ज्वाल!
बुरादे की आग! सदैव सुलगती हुई!

आज लगभग तीस वर्ष बीत गये, पर उस आग की तपिश का अहसास अभी तक भी निरन्तर होता रहता है!

समय के साथ-साथ सारी स्थितियाँ, परिस्थितियाँ बदल गयी हैं। गाँव भी अब वे गाँव नहीं रहे। न वे लोग! न वे बातें! लगता है, एक नये सपने, नये यथार्थ से साक्षात्कार हो रहा है! मैं देख रहा हूँ—सारा गाँव उमड़ आया है। आस-पास के गाँवों के लोग भी! गोमती सदेह, साक्षात खड़ी दिखलाई दे रही है। पिरमा ठण्ड से ठिठुरता हुआ, चीथड़ों में लिपटा, खम्भे के सहारे! यह रजत-पट की गोमती है—वास्तविक गोमती से अधिक जीवन्त।

बिजली के हण्डे जल रहे हैं। बड़ा-सा मूवी कैमरा घूम रहा है। लोग कहते हैं— अब गोमती की यह कहानी दूर दूर तक जाएगी। कैमरे के माध्यम से भविष्य में भी जीवित रहेगी!

हम होंगे या नहीं, पर यह कहानी रहेगी!

—हिमांशु जोशी

9 मई 2006

एक

पहले भी ऐसा ही हुआ था—रात के अँधियारे वह दो-तीन बार भागकर आयी थी—अकेली। माँ ने तब भी इसी तरह अधीर स्वर में पूछा था, "गोमु, इस तरह ? साथ कोई नहीं... ?"

वृद्धा माँ के सूखे अधर किंचित् खुल आये थे। झुर्रियों से ढके उस उदास चेहरे की ओर गोमती क्षण-भर देखती रही थी, "मुझ अभागी को कौन छोड़ने आएगा इजा ! मौत भी तो नहीं आती !"

बाँज के छिलके-सी अपनी रूखी हथेलियों में मुँह छिपाकर गोमती नन्ही बच्ची की तरह बिलख पड़ी।

माँ समझाती रही, "औरत के लिए केवल वही घर है इजु ! जैसे भी हो अपनी घड़ी तुझे वहीं काटनी है। सब दिन एक-से तो नहीं रहते। कभी कुछ सह भी लिया कर...।"

"कब तक सहूँ इजा ?" तार-तार फटी, अपनी मैली-कुचैली कुरती का चाल उसने ऊपर उघाड़कर दिखलाया, "यह देख ! अब भी कहती है... ! तूने पैदा होते ही मुझे ज़मीन में गाड़ क्यों नहीं दिया था... ?"

बेटी की फूल-सी कोमल देह में नीले-नीले निशान देखकर माँ का दिल दहल उठा। फटी पिछौड़ी के चाल में अपनी आँख के आँसू समेटती हुई बोली, "कैसे काने करम लेकर जनमी तू ! किन राकसों के पल्ले पड़ गयी अभागी ! नोच-नोचकर तुझे खा डालेंगे वे।"

तरह-तरह के उदाहरण देकर माँ फिर समझाती रही, पर इस बार गोमती का मन कुछ अधिक उखड़ा हुआ था। उसके पति पिरमा के सामने ही ककिया ससुर ने उसे किनमोड़े की मोटी लाठी से पीटा था। ककिया सास उसका झोंटा पकड़कर बाज की तरह झपटी थी, "जनिजौंसि राँड, नौ घर का जूठन खाकर

यहाँ चली आयी है ! नंगी, नौंहाल ! एक खसम खा चुकी है बेशरम ! गोदलि कहती थी—जलेबी के दोने खाती है ! जंगल के चौकीदार पतरौल के साथ कल वन में कहाँ जा रही थी ? घोड़िया-डॉक्टर से क्या बातें कर रही थी ? हमारी इज्जत तूने मट्टी में मिलाकर रख दी। अजब का जोबन चढ़ा है तुझ पर रण्डी !"

लातों से, घूँसों से गोमती चुपचाप पिटती रही। धरम राम सरपंच गाँव न आये होते तो शायद सब मिलकर, उसे जान से ही मार डालते, पर उन्होंने किसी तरह बीच-बचाव कर छुड़ाया था।

पिरमा घुटने मोड़े बैठा था—गूँगे मिड़गू की तरह। माँ को यों पिटते देख कुन्नू दीवार से सटकर छिप गया था। भय से आतंकित रो भी न पा रहा था...।

पुराने पयाल की झीनी झोंपड़ी के एक कोने में पड़ी गोमती नन्हे कुन्नू को कलेजे से लगाये सिसकती रही और पास पड़ा पिरमा सारी रात खों-खों खाँसता रहा था।

गोमती किससे कहती ? कौन सुनता उसकी कि 'घोड़िया-डॉक्टर' से वह पति के लिए दवा लेती है। उससे और कोई सम्बन्ध नहीं। जंगल में हफ़्ते-भर से उसने पतरौल की सूरत तक नहीं देखी। गाँव की औरतों के साथ घास काटने जंगल गयी, उन्हीं के साथ लौटी। फिर गोदलि ने उसे कहाँ देखा ? कब ? बेशरम ख़ुद ही पतरौल से बीड़ी माँग-माँगकर पीती थी। इसी बरसात में एक दिन अपनी आँखों से उसने गोदलि को देखा था—बीच वन में स्थित लीसेवालों की काठ की कोठरी से बाहर निकलते हुए। घाघरी का चाल भीगा था...।

परन्तु देखकर भी अनदेखा कर दिया था गोमती ने !

कहीं गोमती किसी से कुछ कह न बैठे—इस भय से शायद गोदलि ने पहले ही उस पर लांछन लगा दिया हो। पर, अब इन खबीसों को क्या हो गया है !

अन्धकार में उसके सामने ककिया ससुर—कलिय'का का डरावना चेहरा घूमने लगा। शराबियों की जैसी बड़ी-बड़ी लाल आँखें ! घनी मूँछें ! जिन्दा दैंत !

पिरमा से सौ बार कह चुकी है—"तुम्हारे कका की नज़र अच्छी नहीं। इनके मन में पाप उपज गया है। बड़ी गन्दी निगाह से देखते हैं।"

लेकिन पिरमा ने हमेशा की तरह जैसे इस बात को भी सुना नहीं, "तू तो निरी बावली है ! इतने बूढ़े पर शक करती है ? तुझे पाप लगेगा। परलोक बिगड़ेगा तेरा। लोग सुनेंगे तो क्या कहेंगे ? बिना बात थू-थू !"

यह सुनकर गोमती मन मसोसकर रह गयी थी। पिरमा पागल है—परमहंस—निरीह पशु ! सबको पता है। कका बैल की तरह ज़िन्दगी-भर उसे जोते रहे। जब तक एक परिवार में रहे, खाना भी कभी भर पेट नहीं दिया।

रूखा-सूखा, जूठा-पीठा, टूटी-फूटी थाली में फेंक दिया। पहनने के लिए अपने बेटे तेजुवा के उतारे चीथड़े !

इधर कुछ दिनों से अक़्ल शायद कुछ अधिक ही मारी गयी है बुढ़ऊ की। पिरमा को रोज़ रात को आलू के खेतों की रखवाली के लिए भेज देते हैं। उसकी सारी रात 'आ लो लो, छेपो-छेपो ! हाड़् च-अ ! हाड़् च-अ !' कर शौली को भगाने में ही बीत जाती है। पल-भर के लिए भी आँख लगी नहीं कि सारा खेत चौपट... !

जब सब सो जाते हैं, सारा गाँव मशान-सा सूना हो जाता है, बूढ़े ककिया ससुर कलिया अँधियारे में दबे पाँव उसकी टूटी झोंपड़ी के झीने कपाट टटोलने लगते हैं। दो-तीन बार वह दुत्कार चुकी है, पर कुत्ते की तरह फिर-फिर मुड़कर देखने से बाज नहीं आते !

परसों रात जब किवाड़ खोल ही लिये तो उसे कुछ सूझा नहीं कि क्या करे ? सिरहाने पर रखी हँसिया उसने अन्धकार में ज़ोर से फेंककर दे मारी !

तब कहीं दुम दबाकर भागे निरलज्ज !

सुबह किसी ने पूछा, "कलिय'का, माथे पर चोट कैसे लगी ?" तो कहते थे–"पाँव फिसल जाने से गिर पड़ा यार ! अँधियारे में अब बिलकुल आँख नहीं देखता !"

तब से बदला लेने की ताक में थे और वह भी कल ले ही लिया। पत्नी को सिखलाकर तैयार किया। गोदलि को गुड़ खिलाया और फिर रचा यह महाभारत... !

आग के उसे लिटाकर अम्मा उसके दुखते घावों को गरम कपड़े से सेंकती रही। खाने के लिए आज कुछ भी न था घर में। तवे पर गरम राख डालकर, सोयाबीन-भट्‌ के कुछ दाने भूनकर दोनों ने चख लिये और ऊपर से लोटा-लोटा-भर ठण्डा पानी गटककर आँखें मूँद लीं। बूढ़ी माँ के हाथ-पैर अब अधिक चल न पाते थे। इसलिए दो वक़्त की रोटी का जुगाड़ भी सम्भव न रहा था। महीने में कई-कई 'एकादसियाँ' हो जातीं।

पता नहीं रात का कौन-सा पहर बीत रहा था ! बुझी आग के पास गुदड़ी में लिपटी गोमती को नींद न आ पा रही थी। इतनी बड़ी दुनिया में उसे कहीं, कोई ठौर नज़र न आ रही थी। पति पगला–विक्षिप्त। न सास, न ससुर। एक देवर–वह भी लाम में। मैके में टूटे किवाड़ खोलने के लिए अकेली, बूढ़ी विधवा माँ। आज मरी कि कल !

कई बार आत्महत्या का विचार आया। सोचा–दुल्ल के अगास को छूते ऊँचे

पेड़ पर रस्सी बाँधकर लटक जाए। हज़ार झंझटों से छुटकारा मिल जाएगा, पर कुन्नू का निरीह चेहरा बीच में दीवार की तरह आ खड़ा होता। नन्हे-नन्हे हाथ ! दूधिया दाँत ! वह उलझ पड़ती—अन्धकार में कुछ टटोलती हुई।...पिरमा के ठूँठ-से काले हाथ उसका फटा आँचल पकड़ लेते... !

उसे पता है—कलिय'का क्या चाहते हैं—

गोमती किसी के साथ कहीं भाग जाए या नदी में डूब मरे और पिरमा ख़रीदे हुए गुलाम की तरह ज़िन्दगी-भर उनकी चाकरी करे। वह मरे तो उसके हिस्से की ज़मीन 'वारिस' बनकर स्वयं हथिया लें। गजार के तलाऊँ तीन खेत उन्हीं के पास तीन बीसी रुपये में रहन पड़े हैं—पिरमा की माँ के क्रिया-कर्म के समय से ! और भी बहुत कुछ है, हथियाने के लिए !

तेजुवा उस दिन पोखरी की दुकान में डंके की चोट कहता था—"पिरमुआ पागल मरे तो गोमती राँड को अपने घर में रख लूँगा..."

अपना रूप-रंग अपने को ही अभिशाप-सा लग रहा था उसे। गोमती सोचती रही कि नोच-नोचकर अपना चेहरा कुरूप कर ले। देवदार के जलते छिलके से झुलस ले। परमेसर भी कितना कठोर है ? इतना रूप उसे न देता तो आज यह सब न भुगतना पड़ता— ! बाहर के ही नहीं, घर के भीतर के भी सब दुश्मन हो गये हैं !

"अभी सोयी नहीं गोमु ?" माँ ने करवट बदलते हुए पूछा।

"नींद नहीं आ रही इजा !" गोमती ने यों ही उखड़े-उखड़े स्वर में उत्तर दिया।

"तेरे देवर देबिया की लाम से कोई चिट्ठी-पतरी आयी ?"

"इधर बहुत दिनों से कुछ नहीं। माघ-फागुन में एक चिट्ठी ज़रूर मिली थी। तुलिया बतला रहा था कि किसी दूसरी जगह बदली हो गयी है। तब से कुछ नहीं।"

"पैसा-पाई तो फिर क्या भेजा होगा ?"

"द, कहाँ से ? पहले दो-तीन महीने में नोन-तेल के लिए कुछ भेज देते थे, पर अब वह भी नहीं। हमारी जान को तो ये सब दुश्मन लग गये हैं। कौन जाने किसी ने कोई ऐसी-वैसी चिट्ठी न भेज दी हो !" वह चुप हो गयी, कहती-कहती।

"मल्ले घर ठुल कका की लड़की धरी का कुछ पता-पानी मिला इजा ?" गहरा मौन तोड़ती हुई गोमती बोली।

"कहाँ चला ?" माँ ने अनिच्छा से उत्तर दिया, "कहते हैं टनकपुर में किसी

नाई के घर बैठ गयी है !"

ठुल कका की लड़की धरी और गोमती कभी सच्ची सहेलियाँ थीं। देवीधूरे के मेले में उस साल वे साथ-साथ गयी थीं। सारी-सारी रात उन्होंने झोंटे गाये थे ! हुड़के की ताल पर थिरकती रही थीं—उड़ती रही थीं हवा में !

कहाँ गये अब वे दिन ?

घुटनों को ठोड़ी से मिलाये गोमती पता नहीं कहाँ भटक गयी थी !

दो

मँडुवे की गरम-गरम काली रोटियों की सौंधी गन्ध ! झीनी झोंपड़ी के बाहर ठण्डी धूप का एक टुकड़ा और दाड़िम के पेड़ पर बैठे कौवे की काँव-काँव !

गोमती ने सुबह अचरज से देखा—माँ जग गयी है। सिगड़ी की आँच में ही मोटी-मोटी काली रोटियाँ सेंक रही है।

"आटा कहाँ से आया इजा ?" उसने पूछा।

"पैचा माँगकर लायी। तूने तो कल से कुछ भी नहीं खाया होगा न ?"

"भूख नहीं... !"

कुल चार रोटियाँ बनीं। तीन मोटी, एक छोटी-सी घिंनौली !

माँ ने उसमें से तीन गोमती के सामने परोस दीं और एक स्वयं चबाने लगी, जैसे काले चमड़े का टुकड़ा चबा रही हो ! हरी मिर्च का पिसा नमक भी पत्ते पर धरकर उसके सामने सरका दिया।

"यह क्या ? मैं इत्ता नहीं खा सकूँगी इजा ?"

"हाय, कल से भूखी है और कान की कन्तरी-सी दो रोटियाँ भी नहीं !"

गोमती ने इस बार ज़िद न की। गरम-गरम रोटियाँ हाथ में ही थामकर नमक के साथ चुपचाप सलकने लगी।

"कुन्नू को साथ क्यों नहीं ले आयी... ?"

"उसे नदी पार कैसे कराती ? मैं तो घास काटने जंगल गयी थी, वहीं से भाग आयी।"

"खाने को गेड़ा-दाना है कुछ घर में इजु ?" माँ ने पूछा।

"कहाँ से ? जो कुछ खेत में हुआ, घर आते-आते कच्ची-माँड़ी में ही खतम हो गया। आजकल दूसरों के खेतों में काम करके गुज़ारा चला रहे हैं। दिन-भर हड्डियाँ तोड़ने के बाद दो रोटियाँ मिल ही जाती हैं। कुन्नू के पिता कुछ करते

तो आज ये दिन न देखने पड़ते। मैं सोचती थी—हम भी धौंकनी बनाकर 'ऑफर' लगाएँगे। खेतीखान, धूनाघाट से लोहा उधार ले आएँगे। कुछ बरतन भी बना लेते तो नोन-तेल का जुगाड़ हो जाता। पर उन पर तो उन्होंने न जाने कैसा जादू फेर दिया है ? जो वे कहते हैं, वही वह करते हैं। आजकल अपने आलू के खेतों में पहरा दिला रहे हैं। फटा कम्बल ओढ़े बारिश में सारी रात भीगते रहते हैं। किसी दिन सुबह खेत में ही मरे मिलेंगे। वैसे नहीं भी मरेंगे तो ये राकस धतूरा खिला-खिलाकर मार डालेंगे। गाँजा पी-पीकर वैसे ही हाड़ निकल आये हैं।''

बोलते-बोलते गोमती एकाएक चुप हो गयी। रोटी का एक भी ग्रास फिर निगलना कठिन हो गया। काली रोटी का सूखा टुकड़ा उसने परे सरका दिया।

''इजा, दो दिन से मेरा कुन्नू भूखा होगा !'' गोमती अधीर हो उठी।

०० ०० ००

''मेरी उमर अब अधिक नहीं गोमि !'' माँ कुछ सोचती हुई बोल रही थी, ''मरते समय तुझे दो टुकड़े भली-भाँति खाते देख जाती—यही तिरसना थी। ये दो-चार खेत जो बच गये हैं, तुझे दे जाती ! पर अब पता चला कि हरकिसन पधान ने इन्हें तेरे पिता के जीते-जी ही अपने नाम पर करवा लिया था। ज़िन्दगी-भर ब्याज के बदले भाँड़े-बरतन ले जाते रहे। तेरे पिता को अपना हलिया बनाकर रखा। मुफ़्त में अपने खेत जुतवाये और आज अन्त में यह कुपचित ! बामन होकर ऐसा अनर्थ !'' माँ ने एक गहरी ठण्डी साँस ली।

बाहर आँगन में फटी चटाई बिछाकर दोनों माँ-बेटी बैठी थीं—घाम तापने। धूप तो क्या मिलती, हाँ, धीरे-धीरे काले, उनीले बादल आकाश में अपने हाथ-पाँव अवश्य पसार रहे थे।

लोहे के दतखोच्चे से गोमती चुपचाप दाँत कुरेद रही थी। उसके घुटनों पर माँ का सिर था, जिससे जूएँ ढूँढ़ रही थी। सफ़ेद बाल मैल से काले पड़ गये थे—धुमरैले। पता नहीं कब से सिर नहीं धोया था !

''ये खेत मिल भी जाते तो इनसे क्या करती ?'' गोमती कुछ सोचती हुई बोली, ''कौन आता इत्ती दूर खेती करने ? कुन्नू के पिता की तो हालत ही और है ! चिरान पर चले जाते भाभर ! यहीं लीसे के काम पर लग जाते ! किसी के मकान के लिए पत्थर ही निकालते खदान से, तब भी गुजारा चल जाता। लेकिन उनके तो ढंग ही दूसरे हैं—गुमसुम बैठे रहते हैं, पत्थर की तरह।...उस गाँव में अब मेरा मन ही नहीं लगता इजा ! किसी दिन सब छोड़-छाड़कर भाग

जाऊँगी, फिर न कहना !"

"चुप, चुप, ऐसा नहीं कहते कुभाखी ! कितनी जग-हँसाई होगी ? तेरे करम में जो है, उसे भुगत ! तू जिए या मरे, तेरे लिए वही एक देहरी है...।"

गोमती के हाथ रुक गये थे। पता नहीं क्या सोचती हुई वह आकाश की ओर देख रही थी। पर माँ बोलती चली जा रही थी—"इस बार तू घर चली जा इजु ! फिर मार-पीट करेंगे तो न जाना। मैं भी जिद न करूँगी...। लोक-लाज का भी तो कुछ खियाल रखना पड़ता है ! तेरे बाप को सब भला-बुरा कहेंगे ! उनकी आतमा को सरग में दुख होगा... !"

—हम ही इस नरक में कौन-से सुखी हैं इजा ? गोमती कहना चाहती थी, पर कह न पायी।

दोपहर होते-होते यह ख़बर सारे गाँव में फैल गयी कि गोमती के लच्छन भले नहीं। भागकर माँ के पास आ गयी है। भली होती तो पति का घर ही क्यों छोड़ती ? इसके तो बड़े-बड़े क़िस्से हैं। तभी ककिया ससुर ने पीटा है ! पति को तो अपना ही सहूर नहीं। उससे ही कुछ डरती तो यों खुली घूमती बदचलन ?

बहुतों ने यों एक कौवे के नौ कौवे बनाये तो सहानुभूति जतलाने वाली भी कम न थीं, गाँव में !

"पैदा ही खोटे करम ले के हुई थी बेचारी !" कुछ औरतों ने कहा, "दो-तीन साल की थी कि बाप गुज़र गया। बारह-तेरह की कच्ची उमर में विधवा हो गयी। दूसरा विवाह किया तो ये हाल। किसी दिन फाँसी लगाकर आतमघात कर लेगी—हमारी बचली की तरह।"

एक ही दिन में गोमती-गाथा दूर-दूर तक फैल गयी। बूढ़ी माँ यह सब सुनकर घबरा उठी, "हँ गोमि, चल ! तुझे पहुँचा आऊँ ! मरे-बचे जैसा तेरे काने करम में हो, चल... !"

कुन्नू के लिए दो दाने काँठी अखरोट और दाड़िम के बाँधकर गोमती माँ के साथ दूसरे ही दिन फिर चल पड़ी।

रास्ते-भर सोचती रही—कहीं कोई ठीक-सा घर होता तो इस कानी माँ को भी बुला लेती। मरते समय हम सब सामने होते। माँ को भी सन्तोष होता। पर वहाँ तो अपना ही रहना सम्भव नहीं...। जब तक माँ है, मैके के दरवाज़े खुले हैं, एक आसरा है। जिस दिन यह मरी वह रास्ता भी बन्द !

गोमती का उदास चेहरा देखकर, माँ का मन और छोटा हो आया। उसे समझाती हुई बोली, "पिरमा को किसी डँगरिया को दिखाकर झाड़-फूँक करवा। पहले की तरह वह ठीक हो गया तो तेरी अबेला दूर हो जाएगी। अबकी बार

मैं खुद उसे समझाऊँगी। तेरे ककिया सास-ससुर को भी खूब खरी-खोटी सुनाऊँगी। दूसरे की औलाद पर यों हाथ उठाते हैं ! कोढ़ होगा कोढ़ ! हम गरीब हैं तो क्या हुआ, हमारी औलाद पाथर-मट्टी की है ?"

तीन

साँझ का सूरज मल्ली रौ के डाँडे के उस पार कहीं डूब रहा था। हलका-हलका कुहरा-सा छाया हुआ था। सामने के बर्फ़ीले पहाड़ कुछ-कुछ पीले लग रहे थे, हल्दी के रंग के—ढलते सूरज के कारण। देवदार के वनों में अभी से ठण्डा घना अँधेरा व्याप रहा था। जोस्यूड़ा की नदी पार कर जब गोमती अपने गाँव लधौंन पहुँची तो वहाँ अजब का आतंक छाया हुआ था।

जितने मुँह, उतनी बातें !

कलिय'का रन पर चढ़े थे। गालियाँ दे रहे थे। कह रहे थे—''ऐसी औलाद के पैदा होने से क्या— ?''

''मैं तो कहती थी, यह अतरिया—भँगड़िया ज़रूर एक दिन नाम डुबाकर रहेगा। सारा गाँव इस कलंकी के कारण बदनाम हो गया।'' कलिय'का की कोयले से भी काली पत्नी मुद्गर-जैसे मोटे बेडौल हाथ नचा-नचाकर कह रही थी, ''पटवारी ज्यु भी खूब हैं ! पहले हमारे तेजुवा को पकड़कर ले जा रहे थे ! सरपंच बीच में नहीं पड़ता तो उसे ही हौलात में डाल देते... !''

अपने घर के आँगन तक गोमती पहुँची ही थी कि भीड़ से निकलकर कुन्नू उसकी ओर दौड़ा। पाँवों पर पिल्ले की तरह लिपटता हुआ बोला, ''इजा, सबने मारा मेरे बाज्यू को ! उनके हाथों पर लोहे की साँकल बाँधकर ले गये...।''

''क्यों पकड़कर ले गये तेरे पिता को ? क्यों ?'' गोमती का मुँह खुला का खुला रह गया।

अभी वह अधीर होकर हरलि से पूछ ही रही थी कि उसके पिता खिमु'का दनकते हुए आ धमके। अपनी छोटी-सी काली अँगुली बार-बार हवा में हिलाते हुए गरजे, ''सत्यानास हो इस कलिया का ! चोरी किसी ने की, और सजा कोई

भुगते ? अपने तेजुवा के बदले इस सुँगर की औलाद ने बेचारे पिरमा को हौलात भिजवा दिया !''

पिरमा के आँगन पर अब भीड़ इकट्ठी हो रही थी। एक-एक कर सब जुट रहे थे—औरत-मरद, बच्चे-बूढ़े ! इतने में अपने घर से दनकता-फनकता हुआ तेजराम आया और खिमु'का की चिड़िया की-सी पतली गरदन मरोड़ता हुआ दूर ले गया, ''तू देख रहा था मुझे चोरी करते हुए ? जारजात, बता, हमने किसे भिजवाया हौलात ? पिरमुआ ने चोरी की तो क्या सजा हम भुगतेंगे ? बहका रहा है गाँव-गिराम वालों को !''

खिमु'का नाटे क़द के थे—तिनके-से दुबले-पतले ! प्रतिरोध के बावजूद घिसटते चले गये। इतने में हल्ला सुनकर कलिय'का भी आ पहुँचे। हाथ में हुक्के की नली थी—निगाले की, उसी से सिर पर पटा-पट मारने लगे।

''जिनावर की औलाद ! पुरानी दुसमनी निकाल रहा है आज ! इनसाफ पटवारी ज्यू करेंगे या तू मूरख ?''

दोनों बाप-बेटे द्वारा यों पीटे जाने के बावजूद खिमु'का चुप न रहे। बित्ते-भर की फटी धोती झाड़ते हुए बोले, ''देखता हूँ, उस गरीब को कब तक जाल में फँसाते हो ? लोघाट, अल्मोड़ा की कचैरी में मैं जाऊँगा गवाही देने ! सब सच-सच न बतला दिया तो मैं भी अपने बाप हरपतिया का बेटा नहीं।''

''जा-जा ! ऐस्से बौत देखे हैं कचैरी जाने वाले ! साले ने पिछले साल भाभर में गंगा थारू की पूँछ कटी गाय चुरायी थी—और खटीमा में लालू हलवाई के पास बेच दी थी।''

खिमु'का ने आसमान की ओर हाथ जोड़ते हुए कहा, ''ब्यॉंनधूरा की कसम खाकर कहता हूँ अगर मैंने गाय चुरायी हो तो ! हाँ, तेरी बहू ने तो नाक ही कटा दी थी—उस चुल कट्टे के साथ... ! सारे थड़वान के इलाके में बदनामी हुई थी।''

अपनी पत्नी पर लगाये इस लांछन से तेजराम बुरी तरह तिलमिला उठा। चील की तरह खिमु'का पर फिर झपटने ही वाला था कि लोग बीच में कूद पड़े।

''खिमु'का, इतने सयाने होकर यह क्या कर रहे हो ?'' किसी ने उनका हाथ खींचा और घर के भीतर ले जाकर बन्द कर दिया।

भीड़ अब छँटने लगी थी। लोग झपाझप अपने-अपने घरों में छिपने लगे थे। डर था कि पटवारी कहीं फिर न आ धमके !

कहीं भी आज धौंकनी नहीं चल रही थी। लोहे के अंगारे कहीं भी धधक नहीं रहे थे और न गरम लोहे पर ठण्डे हथौड़े की घनाघन आवाज़ ही। सारे ऑफर

ठण्डे पड़े थे। शिल्पकारों-लोहारों का सारा गाँव श्मशान-सा लग रहा था—भूतहा। बत्ती भी जली कहीं दीखती न थी।

बूढ़ी माँ थकी हुई थी बहुत। अतः आँगन पर ही कपाल थामकर बैठ गयी। गोमती के जैसे हाथ-पाँव ही टूट गये थे। वह मिट्‌टी पर बैठी की बैठी रह गयी। उसकी गोदी में कुन्नू सिसकता रहा।

जब अँधेरा कुछ और घना हो आया और बूँदाबाँदी के आसार झलकने लगे तो गोमती किसी तरह उठी और माँ का हाथ थामकर भीतर ले चली। पयाल के बिछौने पर बोरी का फटा चीथड़ा डालकर उसे सुला दिया।

टूटे कनस्तर में आज एक भी दाना चावल न था। मँडुवे के काले आटे की एक पोटली रख गयी थी, वह ज्यों की त्यों धरी थी। तो पिरमा ने क्या एक बार भी चूल्हा नहीं जलाया ?

इतनी हिम्मत उसे अपने में न लगी कि उठकर आग जलाए और रोटियाँ सेंके !

घास का फ़ीना बिछाकर वह भी लुढ़क गयी। कुन्नू अँधियारे में माँ से लिपटा अब भी बीच-बीच में सिसक पड़ता।

"कुना, तुझे भूख लगी है—?"

उसने अस्वीकृति में यों ही सिर हिला दिया।

"इजा !" अन्धकार में जैसे सहसा कुछ याद आ पड़ा, "बाज्यू को उन्होंने डण्डे ही डण्डे ख़ूब पीटा। फिर पटवारी दूर तक उन्हें मिट्‌टी पाथर में घसीटकर ले गया। उनकी पीठ छिलकर लाल-लाल हो गयी थी। सबके सामने काग़ज़-पत्तर पर उनसे लिखवाया इजा... !"

"सो जा ! सो जा मुसु !" गोमती आँसू पोंछती हुई उसे थपकी देने लगी, "कल खाना नहीं बनाया उन्होंने ?"

"न्ना।"

"आज भी नहीं—"

"न्ना।"

"तो तूने क्या खाया ?"

"हरलि'दी ने एक तुमड़िया ककड़ी दी थी।"

"बस्स, दो दिन से उसी पर है रे... !"

अँधियारे में गोमती ने उसका नन्हा-सा मुँह मसारा तो आँखों के पास गीला-गीला पानी-सा अनुभव कर चौंक पड़ी, "अरे, तू रो रहा है कुन्नू ?"

जंगल में लीसे से भरे हुए कनस्तरों की चोरी का मामला था। बरेली भेजने के लिए, सड़क के किनारे भरे हुए पीपों का ढेर लगा था। कुछ स्थानीय लोगों के किसी प्राइवेट ट्रक वाले के हाथ बीस-पच्चीस कनस्तर चोरी से बेच दिये जाने की अफवाह थी।

लधौंन के पास ही यह सारा काण्ड हुआ था, इसलिए इसी गाँव के लोगों पर सबसे पहले सन्देह हुआ।

पिरमा को पहले भी तीन-चार बार इसी तरह पकड़कर ले गये थे। मार-पीट के भय से जो भी इल्ज़ाम उस पर लगाये जाते, उन्हें वह सहज ही स्वीकार कर लेता था। थोड़ी-बहुत सज़ा भुगतकर फिर अपने गाँव लौट आता था।

जब भी इलाक़े में कहीं चोरी होती, मारपीट होती, किसी का घोड़ा खो जाता या गाय-बकरी ग़ायब हो जाती—सारी खोज-बीन के बाद अन्त में पिरमा को पटवारी के सामने खड़ा कर दिया जाता। जंगल में छिपकर कच्ची शराब बनाने वाले अकसर उसे अपने साथ ले जाते। गाँजा पिलाते। खाना खिलाते। ताकि कभी पुलिस का छापा पड़े तो उसे ही आगे किया जा सके।

उसके साथ ऐसा ज़ुल्म क्यों किया जाता है—कभी किसी ने इसका प्रतिरोध नहीं किया। पर इस बार खिमु'का के एकाएक यों बिफर पड़ने से सब सकते में आ गये थे। लोग भली-भाँति जानते थे कि यह बित्ते-भर का बौना अगर बिगड़ पड़ा तो कुछ का कुछ कर डालेगा। अतः सुबह-सुबह कलिय'का दो-तीन दाने-सयानों को साथ लेकर उनकी देहरी पर खड़े हो गये। स्वयं पीछे रहकर कलिय'का ने उन्हें आगे कर दिया था।

"खीमराम, कलराम से कल जो भूल हुई, उसका हमें दुख है यार।" प्रेमराम गुरु-गम्भीर वाणी में बोले, "इसकी तरफ़ से हम माफी माँग लेते हैं। कहीं लोघाट-चम्पावत की अदालत में तुमने यह बात कह दी तो पटवारी-पुलिस फिर यहाँ आ धमकेगी, और पूरे गाँव की फजीहत होगी। जब पिरमा खुद अपने को कसूरवार मान रहा है तो तुम बीच में अपनी अड़ंगी क्यों लगाते हो ? साला, क्या फरक पड़ेगा कि हौलात में पिरमा गया या तेजुआ ! आख़िर हैं तो भाई ही। काका-ताऊ के हुए तो क्या हुआ ? पिरमा यहाँ भी तो कुछ करता-धरता नहीं था। कुछ दिन जेल में ही बैठ आएगा। तेजुवा माल-भाभर वाला ठहरा। इसी तेरह गते तो गाय-डंगरों की खोज-खबर लेने भाभर जा रहा है। उसके पेट पर लात क्यों मारते हो यार ? उसने तुम्हारा क्या बिगाड़ा है ?"

नाटे-से खिमु'का सहसा तुनककर बोले, "यह तो तुम भी जानते हो कि चोरी में तेज़ुवा का ही हाथ था !"

"अरे, तू भी हद्द कर रहा है ! बच्चा है यार ! ग़लत लोगों की सोबत में पड़ गया होगा...।" इस बार कलिय'का बोले तो हरराम ने झिड़क दिया, "तुम चोप करो हो कलराम !"

खिमु'का कलिय'का की ओर मुड़कर मुँह चिढ़ाते हुए बोले, "अरे-ए, बैच्चा-ए-ए—शरम नहीं आती कलराम तुम्हें ! टीका-चन्दन लगाते हो ! गले में छह पलड़िया जनेऊ पहनते हो और अँधेरे में इक्की-दुक्की औरतों की झोंपड़ियों की फड़कियाँ खोलते हो रात में !"

खिमु'का की छोटी-छोटी आँखों से चिनगारियाँ-सी फूटने लगीं। चुनौती की मुद्रा में सदा की तरह हवा में अँगुली लहराते हुए आवेश में बोले, "तुमने ही पिरमा के सिर में ठुँग-पाथर मारा था, तबसे उसकी यह दशा हुई। तुम हत्यारे हो हत्यारे ! तुमको बरम-हत्या का पाप लगेगा कलराम ! पता नहीं तुमने कितनों को मारा है !"

खिमु'का की आँखें माथे पर चढ़ आयीं। उनके कन्धों को थपथपाते हुए हरराम बोले, "इस बार चोप कर जाओ हो खीमराम ! तुम्हें गंगा माई की कसम जो अब जबान खोली तो !" उन्होंने अपनी फटी टोपी खिमु'का के पाँवों पर धर दी, "इन सफेद बालों का कुछ तो लिहाज कर दे यार ! पिरमा को कौन-सी उमर कैद हो रही है ? दो-चार दिन घूम-घामकर लौट आएगा। यों ही बेकार में झगड़ा-फसाद बढ़ाना क्या ठीक है ? कलराम को हम देख लेंगे !"

खिमु'का अब कुछ भी कह सकने की स्थिति में न थे। लोहे के बरतन-भाँडे बोरे में भरकर उन्होंने पहले से ही तैयार कर रखे थे। इन्हें बेचने के लिए चालसी-तल्ली रौ की तरफ़ जानेवाले थे, ताकि जाड़ों के लिए अनाज की व्यवस्था हो सके।

अतः अपने सफ़ेद बालों पर हाथ फेरते हुए ख़ून का घूँट पीकर रह गये।

चार

रात-भर बारिश होती रही। बादल कड़कते। बिजली चमकती। झोंपड़ी में तमाम पानी ही पानी भर गया था। तीनों जनें उकडू मारे कभी इस किनारे बैठते, कभी उस।

सुबह बरसात कुछ थमी तो गोमती ने बरतन से उलीच-उलीचकर पानी बाहर फेंका।

कुन्नू भूख से कुलबुला रहा था। बुढ़िया माँ अपने गाँव लौटना नहीं चाहती थी, "गोमु, तुझे छोड़कर कैसे जाऊँ इजु ? पिरमा को हाँककर ले गये, तुझे भी ले जाएँगे तो फिर मैं क्या करूँगी ?" माँ के द्रवित-स्वर में विचित्र-सी वेदना थी।

"नहीं, नहीं इजा, तू जा। यहाँ जो कुछ भी होगा मैं देख लूँगी। तू यहाँ रहेगी तो मेरी परेशानी और बढ़ जाएगी। ये राकस मुझे मारेंगे-पीटेंगे, तू देख नहीं सकेगी। तुझे दुख होगा। इसलिए तू चली जा !"

मिट्टी का फ़र्श गीला था। लकड़ियाँ गीली थीं। चूल्हे की जगह गँदले पानी की छोटी-सी तलैया घूम रही थी।

आग कैसे जलाए ? किस तरह माँ को कुछ खिलाए—गोमती को सूझ न पा रहा था। आटा कुछ था, मँडुवे का, पर उसे सेंकने की समस्या थी। माँ इन खरसू के जैसे काले बकोड़ों को बिना दाँतों के कैसे चबा पाएगी ? अतः कुछ सोचकर उसने एक पीला कद्दू काटा। छोटे-छोटे चौकोरे डल्ले बनाये, पीतल की पतीली में भरे और खिमु'का के घर की ओर चल पड़ी।

आँच पर पतीली अभी रखी ही थी कि कुन्नू दौड़ता हुआ आया, "इजा, कोई आये हैं ! जल्दी चल घर !"

गोमती झटपट घर की ओर भागी।

"तुमको अभी पटवारी ज्यू बुला रहे हैं...," आगन्तुकों में से एक ने कहा।

"क्यों बुला रहे हैं ?"

"चोरी के मामले में कुछ पूछ-ताछ का चक्कर होगा !" पटवारी के सहायक सटवारी ने तनिक रोब जमाते हुए कहा।

"क्या पूछ-ताछ..." गोमती कुछ पूछे, उससे पहले ही माँ बोल पड़ी।

"यह तो उन्हीं से जाकर पूछो ना ! कानून-कचैरी की कोई बात होगी। हमें क्या पता... ?"

गोमती कुछ सोचती हुई बोली, "कहाँ बुला रहे हैं लाटी ?"

"अपने डेरे में।"

"पिरमा को भी वहीं बन्द कर रखा है क्या ?" बूढ़ी माँ ने पूछा।

"हाँ, उसने तो कबूल कर भी लिया है...।"

"क्या... ?"

"कि लीसे के कण्टर चुराने में उसका भी हाथ था।"

"तो फिर अब हमें बुलाकर क्या होगा ?" हताश स्वर में गोमती ने कहा।

"तुम्हारे बयान ठीक निकले तो कौन जाने छोड़ दें !"

"छोड़कर भी क्या होगा ? जब मन होगा, फिर बाँधकर ले जाएँगे। मुझे पता है कि पटवारी ज्यू उसे ही पकड़कर क्यों ले जाते हैं, क्यों मुझे बुला रहे हैं !"

इतने में मल्ले घर से वृद्ध हरराम अपनी फटी हुई ऊनी टोपी ठीक करते हुए आ पहुँचे, "ठीक ही तो कहते हैं पटवारी ज्यू। तू जाकर देख ले बहू ! सरकार-दरबार में न्या होगा...।"

"हुँ," व्यंग्य से देखा गोमती ने, "न्या ही दुनिया में होता तो आज हमारी यह कुगत होती ? हमारे लिए कुछ भी नहीं...। मैं तो अब गजार-देवता के थान में जाऊँगी। वहीं दो दाने अच्छत फेंककर घात डालूँगी। दोनों हाथ जोड़कर कहूँगी—जो अन्या करे, उसका नास कर नास—जड़-जड़न्ती सत्यानास !"

वे लोग कुछ क्षण खड़े रहकर चले गये तो माँ ने गोमती को समझाया, "तू तो बेकार में जिद पकड़ लेती है गोमु ! जा आती तो क्या तुझे खा जाते ? अभी जब तू कद्दू उबालने गयी थी, सुदलि कह रही थी कि पिरमा को उन्होंने इतना मारा कि खून की उल्टी कर रहा था। क्या पता उसके परानों को कुछ हो न गया हो... !"

"इजा, तू जा ! जो हमारी करनी में है, उसे कौन उलट सकता है ? हमारे भाग में इस तरह मरना लिखा है तो मर जाएँगे, बस्स !" गोमती रुआँसी होकर

बोली, "तू अपने परान क्यों सुखाती है... ?"

लपककर गोमती खिमु'का के घर गयी। उबलती हुई पतीली दोनों हाथों से यों ही उठाकर ले आयी।

"इजा, तुझे भूख लगी होगी। ठण्डा करके खा ले !" गरम पतीली उसने माँ के सामने रख दी। पतीली में ढक्कन के नीचे कद्दू की ही हरी पत्तियाँ रखी थीं। ढक्कन के किनारों से गरम भाप की कई लकीरें फूट रही थीं।

माँ से कुछ भी खाया न गया। गरम टुकड़ा हाथ में थामे फूँऊँ-फूँऊँ फूँक मारकर ठण्डा करने की असफल चेष्टा कर रही थी। पास ही बैठा कुन्नू घपाघप दो-तीन टुकड़े एक साथ निगल गया। गोमती वर्षा में भीगे फटे चीथड़ों को बाहर घाम में सुखाने लगी। बोरी का टुकड़ा भी उसने लकड़ी के खम्भे के ऊपर फैला दिया।

"इजा, तू तो कुछ भी नहीं खा रही ?" भीतर आते ही गोमती ने कहा।

"मेरी भूख ही हिरा गयी गोमु ! पिरमा को कुछ हो-हवा गया तो तू क्या करेगी ? अपना कपाल कैसे तोड़ेगी ?" माँ का कण्ठ अवरुद्ध हो गया। हाथ का टुकड़ा हाथ में ही धरा रह गया।

इसी तरह दोनों देर तक बैठी रहीं—। वक़्त होने लगा तो गोमती ने कहा, 'अब तू चल इजा ! नहीं तो शाम तक न पहुँच पाएगी। एक तो कानी, उस पर नदी का ऊबड़-खाबड़ रौखड़वाला रास्ता। बरखा का पानी कमर-कमर से भी ऊपर पहुँच गया होगा। जतन से पार करना है, कहीं बह पड़ेगी...।"

"ऐसे धन्न भाग, कहाँ !" माँ ने एक ठण्डी साँस ली।

०० ०० ००

माँ को दूर तक छोड़ तो आयी गोमती, पर मन बहुत परेशान था। कपाल थामे कुछ देर घाम में बैठी रही—सूखी लकड़ियों की ढेरी की आड़ में। हवा कुछ कम लग रही थी यहाँ। कल सारी रात बरखा के कारण सो न पायी थी, इसलिए झपकी-सी आ रही थी। कभी सोचा करती थी कि अब के छप्पर पर नये पयाल के कुछ पूले डालकर भीतर की तरफ से लीप लेगी। बरखा-पानी और बरफ़ से छुटकारा मिल जाएगा। पर सारी योजना धरी की धरी रह गयी अब ! जितना पयाल उसने तिनके-तिनके कर समेटा था, उसकी अनुपस्थिति में ककिया ससुर ने अपने बैलों के आगे डाल दिया था...।

भीगी घाघरी का फटा चाल धूप में सुखाने के लिए फैला दिया। नंगी टाँगों

को छिपाने के लिए अब क्या करे ? पल-भर सोचने के बाद उसने सिर की पिछौड़ी उचेड़ी और टाँगों के ऊपर फैला दी। सुडौल, संगमरमर-सी जंघाओं पर सर्दी के कारण काँटे-से उभर आये थे। अपनी खुरदरी हथेली से सहला-सहलाकर वह गरम करने लगी उन्हें। इन जाड़ों में तन ढकने के लिए कुछ भी न था। घाघरी जगह-जगह से फटकर जाल-सी हो गयी थी। पिछौड़ी सिर ढकने के लिए भी पर्याप्त न थी। छाती पर लिपटी आँगड़ी फटकर जीर्ण हो गयी थी, उरोजों की जगह बाहर से गोलाई में एकदम फट गयी थी। केवल झीना काला अस्तर ही शेष रह गया था।

उस दिन रमियाँ के खेत में कटाई कर रही थी। रमियाँ उससे निचले खेत में कूदकर उसकी ओर व्यर्थ की बातें करता हुआ, बीच-बीच में किन निगाहों से उझककर देख रहा था ! कपड़ों को बार-बार खींचतान कर अपने अंग ढकने का असफल प्रयास करती-करती थक गयी तो हँसिया खेत पर ही छोड़कर पानी पीने के बहाने ऊपर चली गयी थी—आँगन में। बाद में फिर रमियाँ की पत्नी के साथ लौटकर खेत में रात तक काम करती रही थी...।

जब बाँज के पत्ते काटने पेड़ पर चढ़ती है तो लकड़बग्घे की-सी सूरत वाला पतरौल तने से सटकर खड़ा हो जाता है और ऊपर झाँकने लगता है। एक-दो बार गोमती ने गुस्से से ऊपर से थूका तो खिः-खिः हँसने लगा था—बेशरम !

धूप में बैठे अभी कुछ ही क्षण बीते थे कि हाथ में हरे घास की आँठी उठाये कलिय'का नीचे खेत से आ धमके। कुछ देर पास ठिठककर गोमती को सिर से पाँवों तक आँखों ही आँखों निगलने-से लगे।

गोमती को सूझ न रहा था कि किस तरह अपना उघड़ा तन छिपाए !

"पिरमा अभी तो छूटकर नहीं आया न ?"

"न्ना" के साथ ही गोमती ने अपने पाँव बिना ऊपर उठाये ही दायीं ओर घुमाये और दोनों बाँहों से, बाहर की ओर झाँकते उरोज छिपाकर पीठ फेर ली।

कुछ घड़ी साँस खींचे आँखें मींचे इसी तरह बैठी रही वह।

जब उसे अच्छी तरह अहसास हो गया कि कलिय'का चले गये, तब जल्दी से उठकर भीतर भाग गयी।

आज कुछ न कुछ बिचपात यह वन-मानुस अवश्य करेगा...माँ को न जाने देती तो अच्छा रहता !

पाँच

पधानी ने अपने खेत में काम करने के लिए उसे बुलाया। शाम को मँडुवे की दो रोटियाँ मिल जाएँगी—यह सोचकर वह चली तो गयी, पर मन न लगा, तरह-तरह की आशंकाएँ उठती जा रही थीं। इस पूरे गाँव में केवल खिमु'का ही एक ऐसे व्यक्ति थे, जिनसे तनिक सहानुभूति की आशा की जा सकती थी। अभी-अभी पधानी ने बतलाया कि वह भी नये बरतन बेचने के लिए तल्ली-रौ की तरफ चले गये हैं।

काम करते-करते उसके हाथ रुक गये। उसे सहसा एक विचार आया और वह उठ खड़ी हुई।

"हँ पधानि सासु, बाकी का काम कल कर दूँगी हो !" उसने कहा, "अभी तबीयत ठीक नहीं। सिर में रिंगाई आ रही—चक्कर जैसा...।"

"भूख से तो चक्कर नहीं आ रहे ?" पधानी ने पूछा।

"नहीं, नहीं सासु ज्यू, वैसे ही घूम रहा होगा सिर...।" गोमती हँसिया कमर में खोंसकर घर की ओर चल पड़ी।

कल से कुछ भी खाया न था, इसलिए चढ़ाई पर चढ़ते हुए पाँव काँप रहे थे। रास्ते में खीरे की बेल से एक खीरा उसने चुपके-से तोड़ा और घाघरी के 'फेट' में छिपा लिया।

घर के आँगन पर पहुँचते ही देखा—कुन्नू उसकी पुरानी घाघरी का टुकड़ा धूप में बिछाये लेटा हुआ है।

"जर-बुखार तो नहीं ?" थोड़े-से चलने मात्र से गोमती हाँफ रही थी।

कुन्नू वैसे ही लेटा रहा—बड़ी-बड़ी सूनी आँखों से माँ की ओर देखता हुआ।

गोमती ने पास जाकर उसका माथा मसारा। सचमुच शरीर तप रहा था।

माँ ने खीरा दिखलाया तो उस ओर भी वह झपटा नहीं। चुपचाप तटस्थ-भाव से देखता रहा।

भीतर जाकर गोमती कुछ टटोलने लगी। बहुत देर तक टटोलने के पश्चात् भी वह न मिला तो झुँझलाई हुई बाहर आयी, "कुनुवाँ, हमारी लोहे की कटोरी कहाँ है ?"

कुन्नू झटपट उठा और काठ के टूटे बक्से के नीचे से निकालकर ले आया। उसमें खुबानी की गुठलियाँ भरी थीं, जुट्टी खेलने के लिए।

"क्या करेगी इजा ?" उसने पूछा।

गोमती ने कोई उत्तर न दिया। फटे कपड़े इस तरह से खींच-तानकर ठीक करने लगी कि उन्हें पहनकर बाहर निकला जा सके।

"तू चलेगा कुनियाँ ?" स्नेह से गोमती ने पूछा।

"कहाँ ?"

"पोखरी की दूकान तक।"

"वहाँ क्या है इजा ?"

"कुछ नहीं, ऐसे ही...।"

"गट्टा-मिसरी खिलाएगी... ?" कुन्नू ने पूछा तो गोमती ने बड़े विवश-भाव से देखा, "गट्टा-मिसरी ही तेरे भाग में होती तो इस दरिद्दर घर में क्यों जनमता रे ?"

उसका हाथ थामे वह चली गयी। साँझ हो रही थी। आते-आते रात हो जाएगी। अकेली जाना ठीक न लग रहा था। किसका क्या ईमान ?

"थोकदार ज्यू, एक चिट्ठी लिख दो हो मेरे देवर देवराम को ! लाम पर हैं।" बग़ल में दबायी हुई लोहे की कटोरी उसने सामने बढ़ा दी, "इसे बेच देना। एक चिट्ठी का पैसा तो निकल ही आएगा न... !"

बूढ़े किशनसिंह थोकदार जानते थे कि ये ग़रीब कलिया के डँसे हुए हैं। कल पिरमा को ले जाते हुए उन्होंने देखा था। उन्हीं की दुकान पर बैठकर पटवारीजी समेत सबने 'चा' पी थी। तमाखू खाया था। सर्दी से बेचारा थुर-थुर काँप रहा था।

"क्या लिखाना चाहती है ?" उन्होंने सहानुभूति से पूछा।

"यही...घर की कुसल-बात !"

लिखने के लिए जैसे ही काग़ज़ उन्होंने निकाला, पूछा, "हाँ, उसका पता-पाती कहीं लिखा है ?"

आँगड़ी में से कुछ फटे-पुराने पीले काग़ज़-पत्तर उसने निकाले और उनके

सामने बिखर गये।

थोकदार अधिक पढ़े-लिखे नहीं, फिर भी किसी तरह काम चला लेते हैं। खेतीखान की प्राइमरी-पाठशाला से अब से लगभग चालीस-पैंतालीस साल पहले उन्होंने दफा दो पास किया था।

लम्बा-सा कोरा काग़ज़ निकालकर वह चुपचाप लिखने बैठे। 'स्वस्ती सिरी' की प्रारम्भिक कुछ बातें लिखने के पश्चात् अपना भारी सिर उन्होंने ऊपर उठाया, "हँ, बता ! हौर क्या लिखूँ ?"

"यही सब कुसल बात... !"

'कुसल-बात' भी पूरी हो गयी तो उन्होंने मोटे चश्मे से फिर सामने देखा, "हौर क्या ?"

"सब लिख दो", गोमती बोली, "तुमने माघ-फागुन से कोई चिट्ठी-पतरी नहीं दी। हरेला के मेले के दिनों भी एक चिट्ठी गहतोड़ी बामन से लिखाकर भिजवायी थी। पता करना कि वह मिली या नहीं !...कल तुमारे ठुल'दा को ये लोग फिर पकड़कर झेल में डालने के लिए ले गये हैं। तुमारे कका की ही करतूत लगती है। कल खिमु'का ने कुछ कहा तो उनको भी बाप-बेटे ने खूब मारा। तुमारे कका हमें भी मारते-धमकाते रहते हैं। तुम वहाँ सरकार से पटवारी को लिखवा दो कि तुमारे ठुल'दा निरे गऊ हैं। उन्होंने चोरी नहीं की...। बिना बात ये लोग लाठी उचाकर मारने को आ रहे हैं। किसी दिन हमें जरूर मार डालेंगे। तुम एक बार आकर हमारा मुख देख जाओ... !"

गोमती का गला भर आया। इससे अधिक वह कुछ न कह पायी।

थोकदार चुपचाप चिट्ठी लिखते रहे। अन्त में जीभ से थूक लगाकर चिट्ठी चिपकाते हुए बोले, "ले, ल्वारी, उस लाल डम्बे में डाल आ इसे !"

सामने चीड़ के पेड़ पर लटकते लाल डम्बे में चिट्ठी डाल आयी गोमती।

लालटेन की फूटी हुई काली चिमनी से धुँधला प्रकाश बिखर रहा था। अधिक दूर तक वृद्ध थोकदार को दीखता न था। सामने की ओर इशारा कर पूछा, "लोहारनी, ओ कौन है ?"

"आपके लोहार का लड़का है थोकदार ज्यू !"

कुछ टटोलती हुई निगाहों से थोकदार उसकी ओर देखते रहे, "तेरा नाम क्या है यार ?"

बच्चा शरमा गया। फटे कोट के पल्ले में गरदन छिपाता हुआ और भी सिकुड़कर छोटा हो गया।

"बता इजु, थोकदार'बुबु तेरा नाम पूछ रहे हैं !"

सहमते-सहमते वह बोला, "कुनु...वाँ !"

"नाम तो बड़ा जोरदार है यार ! अच्छा बता अब तू खाएगा क्या ?"

बच्चे ने अपनी भूखी निगाहों से चारों ओर देखा और फिर धीरे-से कहा, "कुछ भी नहीं... !"

थैली में से कुछ दाने मूँगफली के निकालकर उसकी ओर बढ़ाते हुए बोले, "ले खा भी ! तू तो यों ही सरमा रहा है। हमारे हिस्से का लोहार तो तू ही है यार। कलिया तो सोबन के हिस्से में गया है !"

तनिक रुककर वह फिर बोले, जैसे सहसा कुछ याद आ पड़ा हो, "अच्छा बता, कलिया तुझे भी मारता है क्या ?"

बच्चे ने 'हाँ' कर सिर हिला दिया और बन्दर की तरह उकड़ू-कू बैठकर पटर-पटर मूँगफली चबाने लगा, छिलके समेत।

"तुझे तो जर-बुखार है ! तू मूँगफली खा रहा है ? खाँसी आएगी," माँ ने पूछा तो कुन्नू ने कोई उत्तर न दिया।

वे जब लौटने लगे तो वृद्ध थोकदार ने कटोरी चुपचाप कुन्नू के हाथ में धर दी, "रख ले यार ! तू पानी किसमें पीएगा... !"

o o o o o o

अँधियारे में घर के कोने में पड़ी गठरी देखकर वह चौंकी, "हँ, यह क्या ?" अचरज से बोली।

"मैं...हूँ—गोमु !" हलकी-सी आवाज़ आयी।

"इजा तू ! तू तो चली गयी थी ?"

अपनी जगह पर कराहती हुई उठ बैठी गठरी, "पिपलाटी गाँव तक गयी तो पाँव आगे न बढ़े। वहाँ के लोगों ने भी टोका कि कितनी निठोर है तू ! दुख में पड़ी लड़की को छोड़कर अपने घर जा रही है ! वहाँ क्या धरा है तेरा ? मरते समय गले में पानी गेरनेवाला तक नहीं... !"

गोमती पास ही बैठ गयी।

"पिपलाटी का खिलानन्द कह रहा था कि पिरमा की हालत भौत खराब है। अभी लोहाघाट की हौलात में नहीं भेजा, पटवारी ज्यू के डेरे में ही बन्द है। वह अपनी आँखों से देख आया है।" माँ ने अपने दुखते पाँवों को सहलाते हुए कहा।

"तू एक बार हो आती तो शायद वह छूट जाता ! अपने बयान दे क्यों

नहीं आती ? पटवारी ज्यू भी बुला रहे थे। सच-सच कह देना कि तुमने चोरी नहीं की !''

चुपचाप सुनती रही गोमती।

रात-भर तरह-तरह की आशंकाएँ मन में उठती रहीं। दूसरे दिन भी काम में जी लगा नहीं। पति का निरीह चेहरा रह-रहकर आँखों के आगे घूमता रहा।

शाम को खिमु'का के बेटे को बुलाकर बोली, ''हँ हो देवर ज्यू, मुझे पटवारी के डेरे तक नहीं छोड़ आते ? सुना है—मुझे बुला रहे हैं, पूछताछ के वास्ते !''

''क्यों नहीं ? चलो, अभी चलो ! पिरम'दा की हालत नाजुक बता रहे हैं।'' करमराम ने कहा।

''इजा, मैं जा रही हूँ। रात तक आ जाऊँगी। कुन्नू को खिलाकर सुला देना। कल से उसे बुखार है...।'' इतना कहकर गोमती झटपट करमराम के साथ चल पड़ी।

बुढ़िया माँ ने कुछ दाने अनाज के उबाले, पर कुन्नू ने चखे तक नहीं। एक कटोरी माँड़ नमक मिलाकर उसने पी ली और शेष गोमती के लिए रख दिया। कुन्नू भी सुबह उठते ही खाने को कुछ माँगने लगेगा !

टूटे दरवाज़े से बाहर तारों की ओर ताकती हुई सोचने लगी—गोमती अब पहुँच गयी होगी ! लौटते-लौटते पता नहीं कितनी देर हो जाए ! तीन त्याड़ी तब तक निकल आएगी।

द्वार पर भीतर से अलगनी लगाकर अभी वह सोयी ही थी कि किसी ने टट्टर के दरवाज़े खटखटाये। अँधियारे में हाथ से ज़मीन टटोलती हुई पहुँची तो देखा—करमियाँ खड़ा है !

''गोमु नहीं आयी...''

''पटवारी ज्यू कह रहे थे कि जाँच-पड़ताल में अभी बखत लगेगा। तू जा ! यह अकेली आ जाएगी !''

फिर कोई प्रश्न माँ ने न पूछा। धीरे से द्वार बन्द किये और बर्फ़-से ठण्डे बिछौने पर लुढ़क गयी।

दिन-भर चलने से थकी थी वह। पाँव भी दुख रहे थे, पर नींद न आ पा रही थी। तरह-तरह के प्रश्न फन फैलाये खड़े हो रहे थे—डँसने के लिए।

—यह अभागी ऐसा रूप लेकर न जनमती तो शायद आज इतना दुख न पाती ! उसने एक ठण्डी आह भरी।

उसे याद आये अपने अतीत के वे दिन, जब वह स्वयं सत्रह-अठारह की थी।

ब्याह हुए आठ-नौ वर्ष बीत गये थे, पर अभी तक कोई सन्तान न थी। साँवली होने के बावजूद उसमें अद्भुत रूप था, अनोखी जवानी ! जो देखता, देखता ही रह जाता ! लोहार-शिल्पकारों में ऐसा कम ही होता था। एक बार वह ब्यानधूरा के मेले से लौटी थी कि घर में कुहराम मचा दीखा। उसकी ननद ने खुबानी की डाल पर रस्सी बाँधकर आत्महत्या कर ली थी !

ससुराल में उसे दुःख था। यहाँ मैकेवाले अपने घर टिकने नहीं देते थे। बेचारी विधवा थी। पेट में किसी का बच्चा रह गया था। लोक-लाज के भय से मुक्ति पाने के लिए यह रास्ता अपना लिया था।

बस, वह क्या मरी, सबके लिए आफ़त खड़ी हो गयी। पटवारी-पेशकार पूरे फ़ौज-फर्रा के साथ गाँव में आ धमके। दिनों तक पूछताछ के साथ-साथ मारपीट भी चलती रही।

पेशकार का कहना था कि लड़की के मैकेवालों ने ही ज़बरदस्ती उसे फाँसी पर लटकाया है। नहीं तो खुद क्यों मरती ? दुनिया में दुख किसे नहीं ? क्या सब गले में फन्दा लगाकर ही लटकते हैं ? ज़रूर इनकी बदमाशी है। इन्होंने ही लड़की को जान-बूझकर मारा है !

उसके ससुर को, जेठ को, पति को—सबको बाँधकर जानवरों के बाड़े में बन्द कर दिया था।

पेशकार को शराब की लत थी। उसके लिए रोज़ गाँववालों की तरफ़ से बकरियाँ कटतीं। भोजन का इन्तज़ाम होता। बरात की तरह लोग बैठकर जीमते। सारा खरचा गाँव के सिर पर था।

जब कहीं, कोई सुराग़ न मिला तो एक दिन रात को पटवारी को डपटते हुए पेशकार बोला, "मर्दों से ही नहीं, औरतों से भी पूछ-ताछ करो। घर में कौन-कौन हैं ? सबको घसीटकर लाओ।"

सास, जेठानी सबको एक-एक कर बुलाया गया।

उनसे पूछताछ करने के पश्चात् अन्त में आयी उसकी बारी।

"इसका हाथ ज़रूर होगा, इस हत्या में !" फ़र्श पर पाँव पटकता हुआ पेशकार गरजा और फिर अकेले बन्द कमरे में, रात को देर तक पूछताछ करता रहा।

भोजन के बाद रात को फिर पूछताछ शुरू हुई—

"जब तुमने उस बेचारी को ज़बरदस्ती रस्सी बाँधकर लटकाया होगा, उसने ज़रूर छीना-झपटी की होगी ! तुमसे हाथापाई भी हुई ही होगी ! मरता क्या न करता ? हो सकता है, उसने तुम्हें दाँतों से, नाखूनों से काटा भी हो !"

"मुझे वह क्यों काटेगी ? मेरा उससे कोई झगड़ा न था...।" वह कह ही रही थी कि पेशकार दाँत पीसता हुआ गुस्से में फट पड़ा, "तेरा नहीं तो क्या उससे मेरा झगड़ा था ? कुतिया की बच्ची, तेरी सास तो खुद कह गयी है कि तुझसे उसकी बोल-चाल तक बन्द थी !"

"वह तो नयी पिछौड़ी के बारे में थी... !"

"तो क्या तुझसे हाथी-घोड़े के बारे में होगी ?" हाथ नचाकर वह बोला, "अब तो तू मना करेगी ही ! हरामज़ादी, कैसी गऊ बन रही है, इस समय ! तेरे बारे में गाँववालों ने मुझे सब बता दिया है। तेरे तो ग़ज़ब के क़िस्से हैं ! जिसे तूने ख़राब नहीं किया, वह मरद ही नहीं !" आवेश में वह हाँफने-सा लगा।

उसकी हालत देखने लायक थी ! इस सर्दी में भी वह ठण्डा पानी पी रहा था।

कुछ रुककर वह फिर गरजा, "अच्छा, बता, उससे छीना-झपटी में तेरे शरीर पर कहाँ-कहाँ खरौंच लगी ? कहीं-न-कहीं दाँतों के, नाखूनों के निशान अवश्य होंगे ! मेरे बाल धूप में तो सफ़ेद हुए नहीं ! बड़े-बड़े खूँखार डाकुओं को मैंने धूल चटा रखी है। तू तो चिड़िया है, निरी चिड़िया ! चुटकी में मसल दूँ तो पता न चले तेरा !"

अवाक्-सी वह देखती रही उसका मुँह ! यह क्या कह रहा है, उसकी समझ में न आ पा रहा था। डर-डरकर, रुक-रुककर वह बोली, "अपनी ननद को मैं क्यों मारूँगी... ? क्यों करूँगी उससे छीना-झपटी ?...मेरा कोई कसूर नहीं माई-बाप !"

हाथ जोड़ती हुई वह रो पड़ी। वह सोचती थी, इस तरह रोने से शायद वह छोड़ दे ! पर तभी एक तमाचा गाल पर जमाता हुआ पेशकार बोला, "उसे मारकर अब निरदोस बन रही है—सुअर की बच्ची ! उतार कपड़े ! दिखा निशान कहाँ-कहाँ पर हैं ? उसी की तरह तुझे भी फाँसी पर न लटकाया तो मेरा नाम कुँवरसिंह पेशकार नहीं !"

भय से वह काँपने लगी। गाल ही नहीं सारा शरीर झनझना रहा था। आँखों के आगे तारे झिलमिलाते नज़र आ रहे थे।

"उतार कपड़े... !"

यन्त्र की तरह उसने सिर पर ढकी पिछौड़ी हटाकर एक ओर रख दी।

"आँगड़ी उतारने तेरा बाप आएगा यहाँ ?"

उसने बिना तनिक प्रतिरोध के उसे भी परे रख दिया।

फिर जो-जो आदेश वह देता रहा, विवश-भाव से मानती रही वह।

हाथ में लालटेन उठाकर, अन्त में उसके शरीर पर निशान टटोलने लगा।

पर देर तक अंग-अंग टटोलने के पश्चात् भी जब कहीं कोई चिह्न न मिला तो उसके शरीर पर हाथ फेरता हुआ बोला, "ठीक ही कहते हैं, गाँव के लोग कि तू बड़ी हरीप है, घाघ ! उसे भी मार दिया और अपने शरीर पर एक खरौंच तक न लगने दी... ! अच्छा बता, तूने उसके गले में फन्दा किस तरह डाला ?"

प्रत्युत्तर में उसकी बड़ी-बड़ी आँखें फिर डबडबा आयीं तो पेशकार ने सहानुभूति जतलाते हुए, अपने दोनों हाथों से उसकी नग्न देह उठाकर अपने बिस्तर पर रख दी—

"थक गयी होगी... ! आराम कर। अगला सवाल सुबह पूछेंगे।" और लालटेन बुझा दी।

फिर जब तक पेशकार रहा, रोज़ उससे एकान्त में तरह-तरह से पूछताछ करता रहा। अन्त में जाने के दिन अहसान जतलाता हुआ बोला, "तेरा लिहाज़ करके इन सबको फाँसी की सज़ा से बरी करवा दिया, नहीं तो इस कच्ची उम्र में तू विधवा हो जाती !"

इस मुसीबत से छूटने के पश्चात् भी दिनों तक उसने कितना कुछ नहीं सहा था... ! पेशकार के जाने के बाद पटवारी ने पूछताछ का सिलसिला जारी रखा। बाद में भी तरह-तरह के बहाने से गाँव आता रहा...।

शुक्र तारा अब आसमान में स्पष्ट झलक रहा था। गोमती अब तक लौटी न थी। बूढ़ी माँ किवाड़ पर अपनी धुँधली निगाहें टिकाये, न जाने क्या-क्या सोच रही थी !

प्रातः रुग्ण, विक्षिप्त पति का हाथ थामे गोमती घर आयी तो माँ उसके उतरे हुए चेहरे की ओर देखती रह गयी। एकदम पीली लग रही थी वह। आकृति में अजब-सा अवसाद था।

भीतर कपड़े बदलते समय एक झलक में माँ ने देखा—उसकी देह में जगह-जगह नाखूनों के, दाँतों के लाल-लाल निशान हैं, जिनसे अब भी लहू टपक रहा है !

छह

कुछ दिनों में पिरमा के स्वास्थ्य में कुछ सुधार दिखलाई देने लगा। गोमती के घाव भी धीरे-धीरे भरने लगे। एक दिन शाम को दूसरों के खेत पर काम करके थकी घर लौटी ही थी कि खिमु'का की लड़की हरलि दौड़ती हुई आयी, "तुम यहाँ बैठी क्या कर रही हो ओ बोज्यू ? हमारे अखरोटवाले खेत के पास पिरम'दा को ये सब मिलकर पीट रहे हैं। मैं बकरियाँ लेकर घर आ रही थी तो तेजुवा'दा कह रह था, इस साले को मारकर यहीं गधेरे में चेप जाते हैं... !"

इतना सुनना था कि गोमती बावली-सी खेतों ही खेतों भागी। पीछे-पीछे कुन्नू भी। अँधियारा कुछ-कुछ घिर आया था। अभी-अभी झमाझम बारिश हुई थी, इसलिए मटियाली पगडण्डी पर काफ़ी कीचड़ था। पानी पत्थर—सब पार कर गोमती पेड़ के पास पहुँची तो वहाँ शोरगुल मचा था। गीली ज़मीन पर पिरमा कटे केंचुए की तरह तड़प रहा था। कलिय'का उसे बेरहमी से दनादन पीटते चले जा रहे थे, "कमीने, इसीलिए तुझे गाय-डंगरों को चराने भेजा था ? आलू के सारे खेत चौपट करवा दिये ! मैं आज तेरा खून पीकर रहूँगा... !"

"यह क्या कर रहे हैं ?" गोमती हाँफती हुई चिल्लायी, "क्या मार डालेंगे इन्हें ?"

कलिय'का ने एक गन्दी-सी गाली दी। फिर गोमती की माँ का सम्बन्ध अपने बैल से जोड़ते हुए बोले, "बड़ी आयी है बालिस्टर की बच्ची ! तुझे भी आज इसी में मिसा दूँगा। बेशरम राँड ! पता नहीं सारा दिन कहाँ-कहाँ घूमती-फिर्ती है ?"

गोमती गीली ज़मीन पर से पिरमा को उठाने के लिए झुकी ही थी कि तेजुबा ने उसकी बाँह मरोड़कर दूर खेत में औंधे मुँह पटक दिया, "इस साले के कारण हमारी सारी फसल चौपट हो गयी। क्या इसीलिए इस मिड़गुवा को भेजा था कि

कम्बल ओढ़कर सोया रहे ! गाँव-भर के डंगरों ने सारे खेत रौंद दिये। एक भी हरा बोट नहीं बचा !"

"अब के मुझे माफ कर दो—इनका कसूर !" गोमती तन पर लगी गीली मिट्टी हाथ से पोंछती हुई विनीत स्वर में बोली, "कुछ दिनों से इन्हें जर-बुखार आ रहा है। रात को कँपकँपी छूटती है। टोल आने के कारण उठ नहीं पाये होंगे। आपके खेतों में जितना नुकसान हुआ, पाई-पाई भर दूँगी। चाहे दूसरों के खेतों में चाकरी करनी पड़े ! ब्याँनधूरा देवता की सौं खाकर कहती हूँ...।"

"यह नंगी राँड चुका देगी, हमारा नुकशान !" मुँह चिढ़ाते हुए तेजराम बोला, "ससुरी, तू परे हटती है या इसी में तुझे भी मिसा दूँ ?"

उसने ज़मीन पर लेटे पिरमा की पीठ पर एक ठोकर जमायी कि वह 'ओ इजा !' कहता हुआ ज़ोर से चीख़ पड़ा।

"हँ ला, ओ गों वालौ, कोई सुन्ते हो ! इन लोगों ने हमें जान से मार डाला... !" गाँववालों को आवाज़ देने के लिए गोमती करुण चीत्कार कर ही रही थी कि सामने रास्ते पर टार्च का जैसा झिलमिल प्रकाश दीखा।

"क्या हुआ ? क्या हुआ ?" एक आदमी दौड़ता हुआ शोरगुल की तरफ़ कूदा।

आवाज़ से किसी ने पहचाना नहीं, पर पास आने पर टार्च के उजियाले में देखा—देवराम है, पिरमा का छोटा भाई ! मिलिट्री की वरदी पहने, अचरज से खड़ा देख रहा है !

जो जहाँ पर जैसा खड़ा था, काष्ठवत् वैसा ही रह गया। पाँवों के पास पिरमा घुटनों में मुँह छिपाये कीचड़ में डूबा था। कलिय'का के हाथ की लाठी हाथ में ही धरी की धरी रह गयी थी। तेजराम भीगा फटा जूता उठाये हुआ था।

"क्यों, क्या हुआ बोज्यू ?" गोमती भाभी की ओर जैसे ही देवराम ने देखा, गोमती दहाड़ मारकर रो पड़ी, "देवर ज्यू, यही नरक भोग रहे हैं हम, जब से तुम लाम पर गये हो... !"

भाभी का आर्तनाद सुनकर देवराम का दिल दहल उठा। क्षण-भर में सारी स्थिति ताड़कर बोला, "क्या बात है कका ? क्यों पीट रहे हो इन्हें ?"

"......।"

उसने भृकुटियाँ चढ़ाते हुए कहा, "धरम-करम वाले बनते हो। मूँछों के बाल तक सफ़ेद हो गये हैं, पर थोड़ी-सी भी लाज नहीं ! इस बेचारे पागल को क्यों बेरहमी से पीट रहे हो ? मैं पूछता हूँ—क्यों ?"

"तुम्हें क्या पता ! इसने हमारे सारे खेत आज चौपट करा दिये !" तेजराम

बाप का पक्ष लेने के लिए हुमकक़र आगे आया ही था कि देवराम ने कालर के पास से, उसका फटा कोट मुट्ठी में भींचकर झटके से खींचा। और मिलिट्री के सधे हुए हाथ से कसकर एक झापड़ लगाया कि वह लफेते की तरह लोटता हुआ मँडुवे के खेत में जा गिरा।

"कका, बाप की उमर के हो। बाप की तरह ही माना है तुमको। नहीं तो आज टुकड़े-टुकड़े कर खेत में बिखेर देता...।" देवराम गुस्सा पीकर बोला, "चलो, भाभी घर !"

ज़मीन पर गिरे भाई का हाथ पकड़कर उसने उठाया तो देखा—अभी तक भी वह भय से थर-थर काँप रहा है। हाथों पर, पाँवों पर, मुँह पर ख़ून के साथ तमाम कीचड़ ही कीचड़ सना है। पहचाना तक नहीं जा रहा !

बैग से मिलिट्री का खाकी रंग का धुला झाड़न निकालकर ठुल'दा का मुँह साफ़ करने लगा। उसका हाथ थामकर चौबटिया पर आया ही था कि नाशपाती के पेड़ के नीचे छनमन-सी हुई, जैसे खरगोश भागा हो !

देवराम ने उधर टार्च लगायी ही थी कि गोमती बोली, "हमारा कुनुवा होगा !"

पेड़ की आड़ में भयभीत मेमने की तरह दुबका कुन्नू बाहर आया।

"क्यों ? हँ ला, छिपा क्यों था रे ?"

वह कुछ बोल न पाया तो गोमती ने कहा, "मारपीट देखकर डर गया होगा। एक दिन तो सारी रात पयाल के ढेर में ही दुबका रहा...।"

देवराम ने लपककर उसे पकड़ा और गोदी में उठा लिया।

कलफ़ लगे कपड़ों पर कीचड़ के दाग़ पड़ गये, पर उसने ध्यान दिया नहीं।

०० ०० ००

झीनी झोंपड़ी। तुम्बी-भर अनाज। टूटे-फूटे दो-चार बरतन। रस्सी पर टँगे कुछ चीथड़े !

घर वैसा ही था, जैसा लाम पर जाते समय छोड़ गया था।

पत्नी के गुज़र जाने के बाद उसने फिर विवाह नहीं किया था। पहले गोमती हर पत्र में विवाह की बात लिखवाया करती थी, पर धीरे-धीरे सब छूट गया था। कलकोट, भिंगराड़ा, रौत्यूड़ा, भौंरा—कितनी जगहों से बात उठी थी, किन्तु उसने सबको ठुकरा दिया था। गोमती कभी जिक्र करती तो कहता, "क्या रखा है बोज्यू ! मेरा तो मन ही बदल गया है। लाम की ज़िन्दगी का क्या भरोसा ! मैं

मोर्चे पर भटकता रहूँ, और यहाँ उनकी कोई देख-रेख नहीं। सुन्दर'का के घर क्या हुआ ? काकी एक ही साल में दूसरे के घर में बैठ गयी थी !"

"हँ हो, तो क्या लामवाले ब्या ही नहीं करते ?"

"करते क्यों नहीं ? सब अपनी-अपनी समझ है ! यों भली लड़की मिल जाए तो मैं मना नहीं करूँगा। पर, मुझे पता है, जैसी मैं चाहता हूँ, मिलने से रही !" वह शरारत से हँस पड़ता।

इस बार गोमती के मैके की एक लड़की का जिक्र आया था। भली सयानी थी—नहाने-धोनेवाली। घर का काम-काज जानती थी। गोमती सोचती थी कि परमेसर की कृपा से बच-बचाकर आएँ तो वह पाँव उलझा देगी।

भोजन के समय गोमती ने बात छेड़ी तो बड़ी अनिच्छा से देवराम बोला, "यह सब देखकर मन बदल गया है बोज्यू ! आप लोगों की ही हालत नहीं सुधर रही है, उस पर एक नये प्राणी को लाकर क्या होगा ?"

देवराम चुपचाप कनक के गरम फुलके सलासल निगलता रहा।

उसे पता था—घर में कुछ भी न था। खिमु'का के घर से पैंचा लाये हैं आटा। कल बाहर कहीं मज़दूरी करके चुका देंगे।

"थोकदार ज्यू से चिट्ठी लिखवायी थी, मिली नहीं लला ?"

"न्ना बोज्यू।" देवराम ने उत्तर दिया, "मुद्दत से आप लोगों की कोई कुशल-बात ही नहीं मिली। इसीलिए फिकर हो रही थी। सोच रहा था—ठुल'दा कहीं बीमार तो नहीं !"

कुछ सोचता हुआ देवराम बोला, "अब क्या हाल हैं ठुल'दा के ?"

"देख तो रहे हो !" गोमती ने गहरी साँस ली, "गुमसुम-से बैठे रहते हैं—मिड़गुवा की तरह जहाँ बिठला दिया। न खाने की सुध, न पीने की। गाँजा-अत्तर की दम लगा ली, फिर दीन-दुनिया की कोई फिकर नहीं। इसका फायदा तुमारे कका लोग उठा रहे हैं। रात-भर आलू के खेतों की रखवाली करवाते हैं, दिन में गाय-डंगरों को चराने जंगल भेज देते हैं। मैं मना करती हूँ तो बनकाटी उठाकर मेरा सिर काटने को आते हैं। आज देख लिया—जुद्ध ! निठोर हैं—पत्थर ! इन पर हाथ उठाने जैसी लगती कैसे होगी उन्हें ? जब-तब धमकाते रहते हैं !" गोमती ने अपनी आँगड़ी उचेड़कर पीठ दिखलायी, "देखो हो, ये ऐसे हत्यारे हैं !"

देवराम सन्न रह गया। देर तक कुछ भी बोल न पाया। बोज्यू की पीठ पर पड़े नीले-नीले डोरे देखकर आँखों में खून छड़क आया, "क्या करूँ बोज्यू, मैं इनकी खाल उधेड़ देता ! गोली से भून देता, पर कुछ ऐसा गियान आ गया है कि हाथ उठ नहीं पाते। कका हैं, बाप की ठौर पर—बस, यही विचार रास्ता रोक

लेता है। ये तो निरे भुस्स हैं—जानवरों से भी गये-गुजरे। क्या हम भी वैसे ही हो जाएँ ?''

देवर का चेहरा गोमती देखती रही—निर्निमेष।

जूठे हाथ धोने के बाद देवराम अपनी बक्सी की चाबी खोजने लगा। जेबें टटोलता हुआ बोला, ''बोज्यू, ठुल'दा का कभी इलाज-विलाज नहीं करवाया ?''

''क्यों नहीं ? सब कुछ करवाया देवर ज्यू ! झाड़-फूँक किया। दवाई-पताई की। घोड़िया-डाकटर का भी इलाज चला...''

गोमती का वाक्य अभी पूरा भी न हो पाया कि देवराम ने टोका, ''तुमारा भी जवाब नहीं बोज्यू, घोड़िया-डाकटर तो जानवरों का इलाज करता है, आदमियों का नहीं !''

''हम आदमी हैं ही कहाँ देवर ज्यू ?'' गोमती ने तनिक गम्भीरता से कहा, ''मैं ब्याँनधूरा बीच कह रही हूँ, घोड़िया-डाकटर की दवाई से ही इनको कुछ आराम हुआ। तुमारे कका से यह देखा न गया तो उसके साथ मेरे किस्से गढ़ने शुरू कर दिये। बदनामी के डर से बेचारा अब इधर फटकता तक नहीं। जात से बामन है न ! उस पर टाल लगाने लगे !''

देवराम चाबी न मिल पाने के कारण परेशान हो रहा था। अतः गोमती ने सुबह उजेले में ढूँढ़ लेने का सुझाव दिया। चूल्हे की आग भी अब धीमी थी। इसलिए उस घुप्प अँधियारे में कुछ सूझ न पा रहा था।

''बच्चों के हाथ पर कुछ मिठाई-सिठाई तो रख दूँ !''

पैण्ट की पिछली जेब में पीतल की पीली चाबी मिल ही गयी तो वह झटपट ताला खोलने लगा।

टनकपुर-मण्डी से ख़रीदे पेड़े उसने प्लास्टिक की सफ़ेद थैली से निकाले और एक काग़ज़ पर बिखेर दिये।

कुन्नू दोनों हाथों से मिठाई मुँह में ठूँसने लगा। गोमती ने भी कुछ चखी। चार-पाँच पेड़े ठुल'दा के हाथ पर रख दिये।

जब देर तक पेड़े वैसे ही धरे के धरे रह गये तो देवराम ने झकोरा, ''ठुल'दा, देख क्या रहे हो ? खाओ न !''

ठुल'दा पता नहीं किस दुनिया में थे !

टप्-टप् ! दो बूँदें गरम पानी की आँखों से फिसलकर पेड़े पर जा गिरीं !

सात

सुबह धौंकनियाँ चल रही थीं। जगह-जगह लोहारों के ऑफर धधक रहे थे। गरम लाल लोहे के टुकड़े पर घन की भारी चोट पड़ती तो चारों ओर चिनगारियाँ-सी फूटने लगतीं।

अपने आँगन में ही बैठा रहा वह। गाँव में किसी से मिलने न गया। मिलने की इच्छा ही न रही थी।

धूप में मिलिट्री का कम्बल बिछाकर आँखें मूँदे लेटा रहा।

घर की हालत इतनी बदतर होगी—उसने सोचा न था...।

—झोंपड़ी की मरम्मत करवानी है। जाड़ों में जब बर्फ़ गिरेगी तो ये बेचारे कैसे रहेंगे ?

—मायावती के मुफ़्त-अस्पताल में ठुल'दा का इलाज कराना है। शरीर में कुछ ताक़त आने पर, शायद दिमाग़ भी ढंग से काम करना शुरू कर दे !

—पोखरी के थोकदार का पुराना कर्ज़ा है। ब्याज के कुछ रुपये तो चुकाने ही होंगे। नहीं तो मेरे जाने के बाद इन्हें तंग करेंगे !

—गजार के तीन तलाऊँ खेत कका के यहाँ गिरवी पड़े हैं। वही छूट जाते तो इनके खाने-पीने की समस्या कुछ हल हो जाती ! दूसरों के खेतों पर कब तक काम करेंगे ?

—पटवारी को भी लम्बे हाथ से लेना पड़ेगा। आगे फिर ऐसा-वैसा किया तो अपनी रेज़िमैण्ट से लोहाघाट के डिप्टी कलक्टर को शिकायत की चिट्ठी लिखवाऊँगा।

—कका को भी समझाना होगा कि इन विचारों पर हाथ न उठाएँ। जब घर के हिस्से हो गये, ज़मीन भी बँट गयी तो फिर इन्हें अपनी बेगार में क्यों लगाते हो ? बँटवारे के समय आपने क्या दिया इन्हें ? खाने-पकाने के लिए भाँड़े-बरतन

भी पूरे नहीं !

उसी दिन शाम को देवराम तल्ला कमलेक से एक दूध देनेवाली छेली बकरी ख़रीद लाया। कुनुवाँ बंजर खेतों में चराएगा और दो मुट्ठी दूध ठुल'दा को भी कभी मिल जाएगा !

ठुल'दा के लिए कुरता-पैजामा, बोज्यू के लिए धोती और आँगड़ी, कुन्नू के लिए सन्तरास का टुकड़ा वह बरेली से ही ख़रीदकर लाया था।

"मेरी बदली अगर अम्बाला-कैण्ट हो गयी तो बोज्यू, ठुल'दा को वहीं बुलाकर इलाज करवाऊँगा। तुम निश्चिन्त रहो। पहले की तरह ठुल'दा फिर खेतों में काम करेंगे। आठ-दस मन लोहा मण्डी से भिजवा दूँगा। कूट-पीटकर बरतन ही बनाएँगे, तब भी कपड़े-लत्ते का गुजारा तो चल ही जाएगा !"

देवराम योजनाएँ बना ही रहा था अभी, उसे घर आये चार-छह दिन ही बीत पाये थे कि एक दिन खेतीखान से डाकिया आया और एक ज़रूरी चिट्ठी थमाकर चला गया।

"जल्दी रेज़िमेण्ट में हाज़िर होओ... !"

धक्-से बैठा का बैठा रह गया देवराम।

देश पर विदेशी आक्रमण का ख़तरा दिन-पर-दिन बढ़ता जा रहा था। समाचार-पत्र तथा रेडियो से तरह-तरह की ख़बरें आ रही थीं। किसी भी क्षण विस्फोट की आशंका थी—इतनी जल्दी स्थिति यहाँ तक पहुँच जाएगी, उसे पता न था।

इस बार पूरे दो महीने की छुट्टी में घर आया था वह। सोचता था, सभी नाते-बेलेवालों से मिल लेगा। कहीं मीजान बैठ गया तो शादी से भी इनकार नहीं करेगा। पर, अब रेज़िमेण्ट के अलावा उसे कुछ भी सूझ न रहा था।

जल्दी-जल्दी सबसे मिल लिया। गाँव के दाने-सयानों से भी कह गया कि इनका ध्यान रखें। कलिय'का को इस तरह हाथ न उठाने दें।

कलिय'का की काली करतूतों के बारे में पोखरी, धूनाघाट की दुकानों में खूब कह आया। सरपंच तथा ग्राम-सभा के सभापति से भी।

०० ०० ००

सूरज अभी उगा न था। चारों ओर घना कुहरा छाया हुआ था। पिरमा के कन्धे में छोटी-सी बक्सी और दरी में लिपटा हलका-सा बिस्तर था। गोमती नन्हे बच्चे का हाथ थामे थी। देवराम पूरी वरदी पहने खमाखम आगे-आगे चल रहा था।

पथरीली, सँकरी सड़क पर भारी बूटों की रगड़ से कर्र-कर्र की अजीब-सी आवाज़ आ रही थी। पोखरी से टनकपुर के लिए बस रवाना होने ही वाली थी, अतः उन्हें जल्दी थी।

बस में जल्दी-जल्दी सामान चढ़ाकर, देवराम नीचे उतरा। जेब में से कुछ रुपये निकालकर गुम-सुम से खड़े पिरमा के हाथ में रखता हुआ बोला ''ठुल'दा, तुम क्यों हिम्मत हारते हो ? ये लोग हाथ उठाते हैं तो तुम भी एक बार कुल्हाड़ी घुमाकर इन्हें छोलिया-नाच दिखा दो न ! तुम्हें फाँसी के तख्ते से मैं छुड़ाकर लाऊँगा, मैं ! आदमी एक ही बार मरता है ठुल'दा... !''

''लला, ऐसा ही कर पाते तो आज हमारी यह गत न बनती... ! तुम जाओ, घर की कुछ फिकर न करो। जैसा हमारे करम में होगा, भुगतेंगे। जाते समय तुम अपना जी छोटा न करो... !''

बस चलने लगी। लपककर देवराम अपनी सीट पर बैठ गया। उसे महसूस हो रहा था—चुशूल के मोर्चे की अपेक्षा शायद घर का मोर्चा अधिक कठिन है, कहीं अधिक कठिन !

ओझल होता हुआ अपना गाँव, अपने खेत, अपने पेड़-पहाड़ वह देखता रहा। इस बार पता नहीं क्यों उसे रह-रहकर लग रहा था—कहीं अपनी जन्मभूमि के यही अन्तिम दर्शन तो नहीं !

आठ

कलिय'का का पारा चढ़ा था। पोखरी की दुकानों में सबने मिलकर खूब थू-थू की।

"सुना है कि देवराम ने सरकार की तरफ से चिट्ठी लिखा दी है हो कलराम ! पटवारी ज्यू की ही नहीं, अब तुमारी भी आफत आनेवाली है। तुम्हें हथकड़ी लगेगी और तेजुवा जेल में चक्की पीसेगा। रामबाँस कूटेगा। तुम पिरमा पर ही नहीं, उसकी घरवाली पर भी हाथ उठाते हो न ! गाँव-गिराम के दस गवाह इकट्ठे हो गए तो तुमको डूब मरने के लिए भी ठौर न मिलेगी। सारा सौकारपना धरा का धरा रह जाएगा। मालूम हो जाएगा कि कितनी बीसी के सैकड़ा होते हैं !" किशनसिंह थोकदार ने हुक्के पर सोस देते हुए कहा।

"द, तुम भी क्या बात करते हो, हो थोकदार ज्यू ? जैसा मेरे लिए तेजुवा, वैसा पिरमा ! अपनी औलाद को कौन नहीं डराता-धमकाता हो, जरा बताओ तो ? मैंने भी उनके भले-बुरे के लिए कभी समझा-बुझा दिया तो भारी जुलम कर दिया ?" कलराम ने विवाद को समाप्त करने के ढंग से कहा।

"पर, उस औरत जात ने क्या बिगाड़ा तुमारा ? उस दिन यहाँ आकर रो रही थी बिचारी।" थोकदार खाँसते हुए बोले, "किसी पर जुलम नहीं करना चाहिए कलराम ! अपना लोहार समझकर हम तो यही कहते हैं...।"

"अब क्या बताऊँ हो थोकदार सैप !" कलराम ने विवश-भाव से देखते हुए गहरी साँस ली, "उसके तो किस्से ही और हैं ! बड़ी बदनामी हो गयी है हो। घर की बात इस बजार में क्या कहूँ ? हजारों के साथ इसके हजार किस्से हैं। कभी एकान्त में सुनाऊँगा तो तुम भी कहोगे कि कलराम ठीक ही करता है।"

"वह तो कुछ और ही बात सुना रही थी तुमारी। खैर, छोड़ो भी। हमें

क्या ?'' थोकदार ने नारियल की काली चिलम फिर दोनों हाथों के बीच जकड़ी और भूरे धुएँ का बड़ा गुबार छोड़ा।

तभी पास ही चाय की भट्ठी पर गीले हाथ सेंकता हुआ गुमानसिंह बोला, ''कलराम, तुम्हारी सारी बातें हम सच्ची-सच्ची मान लेते हैं, पर यार, भगवती भैया की कसम खाकर कहो, तुम उस पागल बेचारे से बेगार क्यों करवाते हो ? उस गरीब के अपने भी बाल-बच्चे हैं यार ! दाने-दाने के लिए इधर-उधर भीख माँगते फिरते हैं !''

कलिय'का इस बार बौखला उठे, ''तुम भी पधान, जाने बिना ही कह देते हो ! तुमको पता भी है कि पिरमा की माँ के किरिया-करम का खर्चा किसने दिया था ?'' अपना सीना ठोकते हुए कलिय'का ने कहा, ''कर्ज़ा लेकर पापिन पर क़फ़न मैंने डाला था, मैंने ! उसे चुकाने को तो कोई नहीं कहता। यदि ब्याज के रूप में थोड़ा-बहुत काम कभी करवा लेता हूँ तो सबकी आँखों में चुभता है !''

कलराम ने उठने की तैयारी में कन्धे पर पड़ी पंखी ठीक की। बोले, ''पधान, हमारे गुसाईं हो ! बुरा मत मानना हो। लधोंन-कमलेक वाले सबको यही चिढ़ है कि कलिया लोहार दो रोटी क्यों खा रहा है।''

कलराम फिर अधिक बैठे नहीं, उठकर चले गये। देवराम ने सरकार तक बात पहुँचा दी—टूटे काँटे की अनी की तरह यह उनके अन्तर में बार-बार कसकती रही।

देबिया बुरा नहीं, पिरमा भी गऊ है। सारे झगड़े की जड़ बस यही राँड है। इसी ने देबिया साले के कान भर-भरकर सारे इलाके में मेरी बदनामी करवायी। दस जनों के बीच नंगी कर, इसके शरीर पर काँटेदार, झलझलाती बिच्छू की टहनी से झपाझप् झाल न लगायी तो मुझे हजार लानत ! जब तक यह इस घर में रहेगी, हमारा चैन से रहना सम्भव नहीं। इसलिए पहले इस राँड को ही ठिकाने लगाना होगा। यह मर मुके या गाँव छोड़ जाए—इनमें से एक बात होकर रहेगी... !

अँधेरे में, अकेले बैठे कलिय'का दाँत पीसते रहे। तभी तेजुवा ने ख़बर दी कि सरपंच से भी देबिया हमारी बुराई कर आया है, पटवारी ज्यू से भी !

०० ०० ००

उस रात ज्यों ही बारिश तेज हुई, तेजुवा बाप के साथ फावड़े लेकर अन्धकार में चुपके से बाहर निकला और कच्ची मिट्टी के आँगन के आगे पानी की नाली

इस तरह काटने लगा कि गाँव-भर का सारा पानी नाले की शक्ल में बद्-बद् पिरमा के घर में फैल जाए।

क्षण-भर में नाले ने दिशा बदली और पिरमा के घर का सारा सामान तैरने लगा। बिस्तर-भाँडे सब बिखर गये। झोंपड़ी के खम्भे चरमराकर गिरने ही वाले थे कि गोमती कुदाल थामे, बरखा की बौछारों में भीगती बाहर कूदी। दोनों हाथों से मिट्टी हटाकर उसने नाली की दिशा फिर मोड़ दी।

हाँफती हुई वह भीतर आयी—सिर से पैरों तक पूरी की पूरी नहायी। घर में ढेर सारी गीली मिट्टी भर गयी थी। सारा सामान भीग चुका था। आटा, चावल, नमक, तेल कुछ भी शेष न रहा। नाममात्र के झीने, गीले कपड़ों में लिपटी ठण्ड से काँपने लगी। कुन्नू बन्दर की तरह उछलकर काठ के सन्दूक पर चढ़ गया था। मेमने को भी ऊपर चढ़ाकर गोदी में बिठा लिया था। गोमती के साथ-साथ पिरमा भी थाली और पतीली से पानी उलीच-उलीचकर बाहर फेंकने लगा।

घुटने-घुटने तक पानी में डूबी बकरी देर तक मिमियाती रही।

इस घटना के तीन-चार ही दिन बाद रात को गोमती मँडुवे-माँदरे के कुछ दाने पीसकर पनचक्की-घर से लौटी ही थी कि कुन्नू को आँगन पर सिसकते पाया।

"कि भौ कुना... ?"

"हमारी बकरी मर गयी इजा !" आस्तीन से अपनी बहती नाक पोंछते हुए कुनुवाँ ने उत्तर दिया।

"कैसे मरी ?" वह चिल्लायी।

मरी बकरी के पास ही कुनुवाँ बैठा था। उसकी बर्फ़-सी ठण्डी पीठ सहलाता हुआ रो रहा था। पास ही मरा मेमना पड़ा था। उसकी बड़ी-बड़ी निरीह आँखें खुली थीं।

"उलैंचा के पेड़ से दोनों को बाँधकर मैं पानी लाने नौला गया था। वहीं से एक आँठी हरिया घास की भी काट लाया। पानी और घास लेकर लौटा तो देखा—दोनों लमलेट पड़े हैं। तेजु'का ने सुना तो किसी से कह रहे थे—साँप ने काट खाया होगा। उलैंचा के पेड़ के नीचे परसों ही उन्होंने काला फनियल देखा था।"

गोमती की आँखों में खून के आँसू छलक आये। ज़ोर से अपना कपाल दबाती हुई बैठ गयी, "जब तू घास लेकर आ रहा था, उलैंचा के पेड़ के पास तूने किसी को देखा था ?"

"तेजु'का कन्धे पर हल रखकर ऊपर जा रहे थे—जल्दी-जल्दी !"

"कहाँ से ?"

"उलैंचा के पेड़वाले रस्ते से... !"

देखते-देखते लोगों का गिरदम्म लग गया। सबका यही अनुमान था कि बकरियों को साँप ने ही काट खाया होगा। उसका रंग नीला पड़ गया था। मुँह से तमाम झाग।

सच्ची बात गोमती जानती थी पर कौन देता उसका साथ ? इसलिए होठ सिये चुप बैठी रही।

कभी कटोरी ग़ायब हो जाती तो कभी करछी। फटी बोरी का टुकड़ा बाहर घाम में सुखाने के लिए डाला तो शाम तक वह भी नदारद !

जाड़ों में आग तापने के लिए सूखी लकड़ियों की बड़ी-सी ठेली उसने इकट्ठी कर रखी थी, कुछ ही दिनों में वह भी चौथाई रह गयी !

अपनी व्यथा का दंश गोमती स्वयं सहती रही। कुछ कहने का अर्थ था तूफ़ान मचना ! पहले तो एक-दो ही जने आते थे झगड़ने, पर अब चील-कौवों की तरह घेरकर, छोटे-बड़े सब झपट पड़ते हैं।

गाँव के लोग डर के मारे मुँह नहीं खोलते। ज्यों ही झगड़ा होता, सब अपने-अपने घरों में किवाड़ मूँदकर छिप जाते। कहीं कोई मर पड़ा तो गवाही भुगतने अदालत तक जाना पड़ेगा !

यह सारा सन्ताप गोमती अब तक किसी तरह झेलती रही, पर एक दिन रहा-सहा धीरज भी जाता रहा—

कोरे आकाश से वज्र बरस पड़ा।

पिरमा के नाम लाम से सरकारी चिट्ठी आयी—

—कुमाऊँ रेज़िमेण्ट का सिपाही देवराम डोगराई के मोर्चे पर शहीद हो गया !

दिन में भी तारे छिटक आये गोमती के लिए। उसे पता था, देवर के भय से ही अब तक ये लोग कुछ दबे रहे, पर अब वह डर भी जाता रहा आज।

गोमती की आँखों के आँसू न जाने कहाँ खो गये थे ! चाहकर भी वह रो न पा रही थी। निष्प्राण प्रतिमा की तरह सारा काम कर रही थी।

एक कोने में जौ की ढेरी के ऊपर दीया बाल दिया। पिरमा सिर मुड़ाकर, फटी पंखी लपेटकर क्रिया में बैठ गया। हित-मित्र, नाते-रिश्तेवाले आते रहे, सहानुभूति जतलाने। किन्तु कलिय'का के घर से एक भी आदमी झाँकने तक न आया।

घर में कुछ था नहीं। इसलिए थोकदार के पास रहे-सहे दो खेत भी गिरवी रख दिये।

क्रिया-करम में गोमती ने कुछ भी क़सर न रहने दी। जहाँ-जहाँ जो चाहिए था, सब जुटाया। तेरहवीं के दिन मुचाने के लिए पन्द्रह रुपये में एक बछड़ा ख़रीदना भी न भूली।

अभी दो-तीन ही महीने तो हुए थे, देवराम को छुट्टियों में घर आये। उसका यों चला जाना, गोमती को सच नहीं लग रहा था। उसका शंकालु मन कितनी-कितनी बातें सोच रहा था—कहीं किसी ने झूठ तो नहीं लिखवा दिया ? दस दुश्मन हैं। किसका क्या भरोसा ?

"सुना", कलिय'का ठहाका लगाते हुए हँस रहे थे—"बड़ा गुमान करती थी राँड ! अब देखते हैं, इसकी मदद के लिए इसका कौन-सा खसम आता है !"

oo oo oo

पीपल-पानी के बाद सब अपने-अपने घरों को चले गये, इसलिए सूनापन अधिक व्याप रहा था। किसी ने भी आज खाना न खाया। सब यों ही भूखे सो गये थे।

एक ही सहारा था, वह भी न रहा आज ! अपनी दोनों हथेलियों में मुँह छिपाकर, गोमती सिसक-सिसककर रो रही थी। पिरमा अँधेरे में आँखें खोले पता नहीं क्या सोच रहा था ? उसके घुटनों के पास बोरी के मैले टुकड़े पर कुन्नू सो रहा था। दिन-भर का थका था। पिण्डदान के समय सबके साथ-साथ नदी तक चला गया था। लौटने पर पूछता था, "कका अब लौटकर कभी नहीं आएँगे इजा ?"

सारा गाँव सो गया। अँधेरा आज कुछ अधिक लग रहा था, शायद अमावस की रात थी।

तभी आँगन में सूखी घास पर किसी के चलने की आहट हुई।

गोमती उझककर झाँके, इससे पहले ही भड़ाक् की आवाज़ हुई और किवाड़ झटके से टूटकर नीचे गिर पड़ा।

"कहाँ है यह कुतिया, निकल बाहर !" तेजुवा की कड़कती हुई आवाज़ थी।

उसके हाथ में चीड़ का जलता हुआ लम्बा छिलका था। उसी के साथ बड़ी हँसिया पकड़ी थी। दूसरे हाथ से सोयी गोमती के बाल खींचता हुआ बोला, "यहाँ रो किसके लिए रही है बदजात ? चल, मेरे घर चल ! आज से मेरी रखैल बनकर रहेगी। पिरमुँआ के मरने तक का इन्तजार अब मैं नहीं कर सकता।"

गोमती बदहवास-सी चिल्लायी। कुन्नू भी चीख़ा।

प्रतिरोध में वह हाथ खींच रही थी, किन्तु उसकी जकड़ कसती चली गयी, फ़र्श पर घिसटती हुई गोमती ने कातर-दृष्टि से पिरमा की ओर देखा, पर वह बिस्तर पर वैसा ही बैठा रहा—अपना सिर घुटनों में गड़ाये !

अन्धकार में मर्म-भेदी चीख़-पुकार सुनकर पास-पड़ोस के बहुत से लोग तन के कपड़े सँभालते हुए बिछौने से उठ-उठकर चले आये।

तेजुवा सिर पर आज कफ़न बाँधे खड़ा था। हँसिया घुमाता हुआ सबको सम्बोधित कर बोला, "खबरदार ! जो साला हमदर्दी जतलाने आगे आएगा उसी के टुकड़े कर दूँगा। यह हमारे घर का मामला है, अन्दरूनी परिवार का ! इस झमेले में किसी के पड़ने की ज़रूरत नहीं... !"

गोमती की नंगी बाँह घसीटकर बाहर ले गया और अपने घर के भीतर पहुँचकर ज़ोर से कुण्डा लगा दिया।

क्षण-भर में यह क्या हो गया ? लोग हतप्रभ-से देखते रह गये।

लड़ते-झगड़ते थककर गोमती जब निढाल अचेत-सी पड़ गयी तो तेजुवा ने उसके सारे कपड़े चीर-चीरकर चीथड़े कर दिये। उसके मुँह में कपड़ा ठूँसकर, पाशविक प्रवृत्ति के प्रदर्शन पर उतर आया।

भरकते चीड़ के छिलके के पीले उजियाले में वह भूखे हिंस्र-पशु की तरह उसकी नग्न देह देखता रहा।

तभी गोमती ने कराहते हुए करवट बदली। ज्यों ही पलकें खोलीं, तेजुवा का चेहरा सामने दीखा, उसके सारे शरीर में आग-सी लग गयी। बिजली की लहर सी कौंध गयी। प्रतिहिंसा की ज्वाला उसकी आँखों में धधकने लगी। पता नहीं क्या हुआ उसे ? भूखी सिंहनी-सी उस पर ज़ोर से झपटी। जलता हुआ छिलका उसके मुँह पर दे मारा और दोनों हाथों के पंजे उसकी गरदन पर इतनी ज़ोर से गड़ाये कि तेजुवा का शरीर धीरे-धीरे शिथिल पड़ने लगा और वह गों-गों-गों करता हुआ एक ओर ढुलक पड़ा।

निविड़ अन्धकार में झटपट गोमती ने काँपते हुए हाथों से किवाड़ की कुण्डी टटोली। पास पड़ी झीनी चादर यों ही तन पर फेंकी और बिल्ली की तरह उछलकर बाहर कूदी।

उसका कूदना ही था कि कलिय'का गँड़ासा उठाकर पीछे भागे, पर वह पकड़ में न आयी। बियाबान वन में न जाने कहाँ ग़ायब हो गयी ?

नौ

—गोमती नदी में डूबकर मर गयी !

—गोमती ने किसी छिछली चट्टान से कूदकर आत्महत्या कर ली है ! चीड़-वनों के छिल्लाड़ में ग्वालों ने बहुत-से गिद्ध मँडराते देखे थे !

—गोमती को जंगल में बाघ ने खा लिया !

जितने मुँह उतनी बातें।

दिनों तक तेजराम घर से बाहर न निकला। जलते छिलके से उसका मुँह बुरी तरह झुलस गया था। गले पर भी नाखूनों के गहरे निशान थे। उस दिन मरता-मरता बचा था वह। कहीं कुछ और देर तक गला दबाये रहती तो न जाने क्या हो पड़ता !

वह सोचता था, डरा-धमकाकर गोमती को अपने घर में रख लेगा। कुछ दिन चीखेगी-चिल्लाएगी, फिर धीरे-धीरे सब ठीक हो जाएगा। औरत जात है, भर पेट खाना मिल गया तो सब भूल-भुला जाएगी। आख़िर उस विक्षिप्त से इसका लगाव भी क्या है ? उसे तो अपने ही तन की सुध नहीं ! फिर उसके पास रहकर क्या करेगी ?

उस दिन नदी के चौड़े पाट पर वह नहा रही थी। वदाल की चिकनी जड़ें पत्थर पर कूटकर उससे सिर धो रही थी। नाममात्र के झीने कपड़ों में लिपटी वह कितनी आकर्षक लग रही थी ! तरुण देह ! संगमरूण का जैसा तराशा हुआ सुगढ़ शरीर—वह अन्धा हो गया था, निरा अन्धा ! इसी अन्धेपन में उसे जो करारा तमाचा लगा, वह उसके शरीर ही नहीं, अन्तर को भी कहीं दूर तक बुरी तरह हिला गया था...।

बदला लेने के लिए उसकी फ़ौलादी बाँहें कसमसातीं, पर बदला किससे ले अब ? एक पाख भी पूरा अभी बीता न था कि किसी ने गाँव में आकर सुनाया कि गोमती मरी नहीं, नरसिंह डाँडा के खुशाल लोहार के घर बैठ गयी है। वह अपनी

आँखों से देख आया है।

कलिय'का का बँधा मुँह यह सुनते ही सहसा खुल पड़ा, "अरे भौंना, इसी को कहते हैं—तिरिया चरित्तर ! मैं तो च्यला, पहले से जानता था कि वह बदफेल किसी न किसी के संग लगी होगी। उसे तो घर से बाहर निकलने का बहाना चाहिए था !"

कलिय'का की सारी ज़िन्दगी 'कूटनीति' में ही बीती थी। कब कौन-सी तुरप चाल चलनी है, भलीभाँति जानते थे। खुशाल के घर गोमती यों ही बैठ जाए, उन्हें कब स्वीकार होता !

समाचार सुनते ही वह बुरी तरह भभक उठे।

तेजराम को भी अपने अपमान का बदला लेने का अवसर स्पष्ट दीख रहा था।

दो-तीन दिन तक व्यूह-रचना होती रही। चौथे दिन गाँव के ही पाँच-छह जवान छोकरों को साथ लेकर नरसिंह डाँडा के लिए निकल पड़े...।

आँगन के नीचे से ही ललकारते हुए कलिय'का गरजे, "हँ, ओ खुशिया, मेरे घर की बहू अपने घर रखनेवाला तू होता कौन है ? निकल बाहर, अभी करता हूँ तेरे तीन तेरह !"

खुशालराम के घर में कोई कारज था आज। कुछ मेहमान आये हुए थे—नाते-रिश्तेदार। कठबाड़े से ही बाहर झाँकता हुआ बोला, "अरे, तू खौंड़ा बुड्ढा आज बहूवाला बनकर आया है क्या ? भतीजे की कुगत करके बहू पर हाथ डालना चाहता था ! पाखण्डी, टाँग तोड़कर तुझे वापस न भेजा तो मुझे 'लो-लो' कह देना। नरसिंह डाँडे से तेरी लाश बाहर जाएगी आज...।"

वाक्-युद्ध अभी चल ही रहा था कि गाय-डंगरों के बाड़े से सिर पर घास का गट्ठर उठाये गोमती दिखलाई दी। तेजराम उसकी ओर चील की तरह झपटा। सिर का गट्ठर दूर फेंकता हुआ चीखा, "कमजात, कुत्ती, चल घर ! पिरमुँआ तुझे ब्याह कर लाया है या यह साला खुशाल ? तेरी पंचात वहीं बैठेगी !"

उसके हाथ पकड़ते ही, साथ आये दो-तीन छोकरे भी उसे घर के रास्ते की ओर ज़बरन खींचने लगे।

"छोड़, छोड़ कलचुड़िया ! भाई-भौजवाला बड़ा बना है नौंहाल !" तेजराम की कलाई पर दाँत गड़ाती हुई चिल्लायी, "कीड़े पड़ेंगे तेरे, कीड़े ! राकस, खबीस छोड़ दे... !"

खुशालराम को जल्दी में कुछ सूझा नहीं, कठवाड़े से ही कूद पड़ा वह। नीचे पट-आँगन में अनाज चूटने के लिए तीन-चार मोटे-मोटे तिरछे डण्डे रखे थे। उनमें से एक उठाकर, काकड़ की तरह सीढ़ीनुमा खेत फाँदने लगा।

कलराम की झुकी पीठ पर ठलम्-से एक डण्डा जमाता हुआ तेजराम की ओर लपका ही था कि पीछे से किसी ने हाथ पकड़ लिया, "क्या कर रहे हो, ओ

खुशाल'दा ! कोई मर पड़ेगा... !'' उसका ममेरा भाई और कुछ कहने ही जा रहा था कि खुशाल ने उसे धकेलकर एक ओर छिटक दिया।

गाँव के और लोग भी लाठियाँ-डण्डे लेकर आ धमके। समूचे गाँव की इज्जत का सवाल था यह।

तेजराम पर डण्डे बरस रहे थे, पर वह गोमती की कलाई छोड़ने को तैयार न था। छीना-झपटी अभी चल ही रही थी कि खुशाल के छोटे भाई ने तेजराम के सीने पर ऐसा घूँसा जमाया कि वह वहीं पर ढेर हो गया।

उसका बदला लेने के लिए कलिय'का ने दोनों हाथों से बड़ा-सा पत्थर उठाया और उसके सिर पर दे मारा।

द्वन्द्व-युद्ध के इस दौर में देखते-देखते चार-पाँच लोग लहू-लुहान हो गये।

इतने में गाँव के पंच-पधान आदि बुजुर्गवार बीच में पड़ गये और मामला कुछ शान्त हुआ।

''मेरे भतीजे से जब इस औरत की शादी हुई है... !'' पधान को सम्बोधित कर, हाँफते हुए कलिय'का ने कहा, ''तो इसके घर कैसे रह सकती है ?'' कलिय'का फटे कपड़ों की धूल झाड़ने लगे।

''कलिया साले, तू इसे बहू की तरह मानता है ?'' खुशाल गरजा, ''तू तो जिनावर से भी गया-गुजरा है ! मैं डंके की चोट कह रहा हूँ—अब यह तुमारे गाँव नहीं जाएगी। जो करना है कर ले !''

''अरे, जाएगी कैसे नहीं ?'' तेजराम को अब तक कुछ-कुछ होश आ गया था। कन्धे उचकाकर उसने कहा, ''किसी दूसरे की औरत को अपने घर में यों ही रख लेना कोई मजाक है... ?''

''हाँ, हाँ, काने ! कर्ले जो कर्ना है ! लोघाट-चम्पावत की कचैरी के द्वार खुले पड़े हैं। तुझ-जैसों को तो मैं इस अँगूठे पर रखता हूँ !'' खुशाल ने अँगूठा नचाते हुए उसकी ओर घृणा से देखा।

''यार खुशाल,'' नरसिंह डाँडा के ही एक वृद्ध सज्जन बोले, ''न्या की बात कर। बुरा न मानना यार, सच तो बोलना ही पड़ेगा। अच्छा, तू ही बता, किसी की ब्याहता औरत को तू अपने घर किस तरह रख सकता है ? यदि रखना ही है तो तुझे मुआवज़ा चुकाना पड़ेगा। पाँच पंचों के बीच धड़ी भरनी होगी !''

''आप लोग कहेंगे तो उसे भी भर दूँगा, पर अब इन लोगों ने इस पर हाथ लगाया तो एक-एक का सिर कलम कर दूँगा। फिर मुझसे न कहना बड़बुबु... !''

''ले, ज़रा, कर कलम ! मैं भी देखूँ ?'' आँखें तरेरकर तेजराम कह ही रहा था कि दूसरे पक्ष का एक और योद्धा खम ठोककर खड़ा हो गया—उसके सीने पर सवार होने के लिए।

"चुप, चुप कर !" उसी के दो-तीन साथी उसे पकड़कर दूर ले गये।

दोनों पक्षों में फिर बातचीत शुरू होने लगी।

अन्त में धड़ी भर देने के लिए दोनों राज़ी हो गये तो उसी समय केशवराम के चॉक पर पंचायत बैठी। गोमती को भी बुलाया गया—काग़ज़-पत्तर पर अँगूठा चेपने के लिए।

तय किया गया कि खुशालराम से नक़द चार सौ रुपये लेकर कलराम, पिरमा की तरफ से पंचायतनामे में दसखत कर देगा। इसके बाद गोमती पर पिरमा का कोई हक-हकूब नहीं रहेगा। आज से वह खुशालराम के घर रहेगी—पत्नी की तरह। वही उसकी परबरस करेगा...।

खुशालराम ने धड़ी भरने का काग़ज़ अपनी अण्टी में कर चार सौ रुपये कलराम के मुँह पर दे मारे—

"हाँ, ये रुपये तुम्हारे नहीं कलराम !"

कलराम ने पीले, गन्दे दाँत निपोरते हुए कहा, "एक ही घर की बात है। बीमार होने के कारण पिरमा न आ सका। घर जाकर उसे सौंप देंगे। क्या फरक पड़ता है। एक ही घर है !"

०० ०० ००

अजब जीव निकले कलिय'का ! हार को भी जीत में बदल दिया उन्होंने। जाते-जाते भी इतना अधिक वसूल लिया ! गोमती कहीं भाग जाए—ऐसा तो कब से चाह रहे थे !

घर जाकर एक फटी बण्डी पिरमा को पहना दी और झीना-सा एक सस्ता कुरता कुन्नू के गले में डाल दिया।

—कुनुवाँ भेड़-बकरियाँ चराएगा।

—पिरमा लोहा पीटने में मदद देगा। धौंकनी तो बैठे-बैठे दिन-भर चला ही सकता है !

दस

गोमती के पास पहनने के लिए कपड़े नहीं थे। दूसरों के कपड़े पहनकर अब तक किसी तरह लाज ढक रही थी। अतः खेतीखान के बाज़ार से खुशाल ख़रीद लाया। हाथों के लिए नन्दलाल सुनार के यहाँ से पतली-पतली चाँदी की दो धागलियाँ भी। आते समय आठ-दस काँच की चूड़ियाँ भी लाना न भूला था।

इतने रंग-बिरंगे सुन्दर कपड़े, पोतलियों के पाँख-जैसे चमचम अपने जीवन में पहले कभी पहने न थे। उन्हें पहनकर उसका रूप और दमक उठा। नाक की फुली में दूध के छींटे के बराबर छोटा-सा सफ़ेद नग था।

बार-बार वह उस नग को छूकर देखती !

दरपन में गोमती ने अपना प्रतिबिम्ब देखा तो ठगी-सी देखती रह गयी। पहले अचरज मिली खुशी का अहसास हुआ, पर धीरे-धीरे चेहरे का रंग उतरने-सा लगा। पता नहीं क्यों इतनी उदास हो आयी ? उसे लगा—यही रूप उसके लिए अभिशाप बन गया है आज—जानलेवा ! कितना कुछ इसके कारण झेला, कितना अभी और झेलना बाक़ी है !

उसने एक गहरी साँस ली और दरपन का मुँह दीवार की तरफ़ फेर दिया। उसे याद आया—

उस रात आत्महत्या करने का उसने पूरा निश्चय कर लिया था। नीचे घहराती, उफनती, उमड़ती बाढ़ आयी नदी के किनारे पहुँचकर एक छिछली चट्टान पर खड़ी हो गयी। सामने दूर बीहड़ वन की तलहटी में पनचक्की-घर के खँडहर में चिराग़-सा टिमटिमा रहा था। उसकी ओर निर्निमेष वह ताकती रही...।

किसी पर भी आस्था नहीं रह गयी थी। घर के भाई-बिरादर ऐसे खूँखार भेड़िये ! गाँववाले लिण्डे—बिना पूँछवाले ! पति के सामने तेजुवा उसे घसीटकर ले गया, पर वह देखता रहा—पत्थर ! ऐसे हुमने-जैसे मुरदा पति के साथ सारी

ज़िन्दगी कैसे कटेगी ? उसके सामने ही तेज़ुवा रोज़ बलात्कार करता रहेगा...!

उसका हृदय घोर घृणा से भर उठा था।

प्रस्तर-प्रतिमा-सी वह न जाने कब तक इसी तरह अविचल खड़ी रही ! तभी दूर कहीं सेब के पेड़ों के बीच बनी अँधियारी कुटिया से किसी बच्चे के रोने की जैसी आवाज़ आयी, जिसे सुनते ही उसकी सारी देह झनझना उठी।

कुन्नू की निरीह, उदास आकृति उसकी पलकों पर रह-रहकर तैरने लगी—

कहीं वह मर गयी तो उसका क्या होगा ?

"नहीं-नहीं !" वह कराह उठी।

सामने जलते चिराग़ की ओर देखते-देखते तभी न जाने क्या हुआ उसे कि वह उसी दिशा में बावली-सी दौड़ती हुई भागी। तन ढकने के लिए देह पर लपेटा नाममात्र का फटा चीथड़ा सनसनाती हवा में उड़ रहा था—उसे होश न था। फेन उगलती नदी उसने किस तरह पार की ? कैसे उस पार पहुँची—उसे पता नहीं !

ठण्डे-चिसले पानी में नहायी, थुर-थुर काँपती, हाँफती, बाल बिखेरे पनचक्की-घर के टूटे दरवाज़े पर खम्भे की तरह खड़ी हो गयी।

तमाम देह से पानी निथर रहा था।

नाज पीसने के लिए आज रात खुशाल आया था—अकेला। कोने पर जली आग के पास बैठा ऊँघ रहा था।

नदी के शोरगुल के साथ पनचक्की की घर्र-घर्र आवाज़ आ रही थी। पानी की तेज़ धार से, पिनकी के सहारे ऊपरवाला पत्थर का विशाल पहिया पूरी रफ़्तार से घूम रहा था। रस्सी से बँधे, ऊपर छत से टँगे काठ के बहुत बड़े घुमरैले दोने के नीचे से बर्-बर्-बर् चक्की के बीच में बने गोल छिद्र में अनाज़ के दाने गिर रहे थे।

घान बदलने के इन्तज़ार में जाग रहा था वह। अन्यथा कम्बल की घोप्पी डालकर सो जाता। गेहूँ के बाद मँडुवा पीसना था अब। मँडुवे में मिलाने के लिए गेठी के सूखे टुकड़े भी घर से ही पोटली में बाँधकर लाया था।

घान बदलने ही वाला था कि द्वार पर बदहवास-सी अर्द्धनग्ना नारी-देह देखकर चौंका। भय से पलकें खुली की खुली रह गयीं। उस ठिठुरती सर्दी में भी वह पसीने से बुरी तरह नहा आया था।

पास ही श्मशान था।

हे परमेसर ! आज कोई भूतनी आ पड़ी या चुड़ैल-डाकिन !

उसका चेहरा सफ़ेद पड़ गया।

"क-उ-ओं-न ?" काँपता हुआ वह चीख़ा।

गोमती भी उसके उड़े हुए होश-हवास देखकर घबरा गयी, "म-मैं...ल-ल-धौंन की...।" अटक-अटककर बोली वह।

"तो ऐसी भूतनी-सी क्यों खड़ी है ?" कड़ककर बोला वह।

गोमती की आकृति उड़ी-उड़ी-सी थी, "नदी में छाल मारना चाहती थी, पर... ! मेरे करम फूट गये है ! हाय, मेरि कपालि !" दोनों हथेलियों में मुँह छिपाकर वह सिसकने लगी।

खुशाल को समझते देर न लगी कि कोई खोटे करम की है अभागी ! अँगीठी के पास उसे बुलाकर अपना कम्बल उसे ओढ़ा दिया।

गोमती की व्यथा-कथा सुनकर वह द्रवित हो उठा, "मरना क्यों चाहती है ? तेरे मरने से तो उन्हें ही फैदा होगा—यह क्यों भूल जाती है मुला ?"

"तो क्या करूँ ? कौन नहीं चाहता ज़िन्दा रहना ? पर वे सब मेरे परान को आ गये हैं। छोटा भव्वा है, उसी के कारण मर नहीं पा रही ! ये परान उड़ते भी तो नहीं... !" वह फिर रो पड़ी।

खुशाल ने धीरज बँधाया। उसकी देह को सहलाता हुआ बोला, "बौला, मरने से क्या होगा ? मेरे घर चल। मैं रख लूँगा तुझे ! तेरी ही जात-बिरादरी का हूँ—सोर का। अब नरसिंह डाँडा के 'पलोट' में बस गया हूँ।"

इस प्रस्ताव पर गोमती ने कोई प्रतिक्रिया व्यक्त न की। जलते अंगारों की ओर निर्निमेष ताकती रही।

खुशाल ने उसका हाथ थामा, तब भी उसने कोई प्रतिरोध न किया। रात के अँधियारे में उसके पीछे-पीछे चल पड़ी वह—रस्सी से बँधी गाय की तरह।

०० ०० ००

दो पत्नियाँ और थीं खुशालराम की। पर करम कुछ ऐसे काने निकले कि किसी से भी सन्तान-सुख न मिला। इसलिए गोमती की दमकती देह के अलावा यह भी एक आकर्षण था। मरते समय पिण्ड-दान के लिए सन्तान तो चाहिए ही थी, नहीं तो सद्गति कैसे सम्भव होगी ?

घर के आँगन में मुँह-अँधेरे इस रूपवती नयी सौत को देखकर पहले तो दोनों पत्नियाँ चौंकीं, भनकीं, पर तभी खुशाल के प्रचण्ड रौद्र-रूप की कल्पना मात्र से सिहरकर चुप हो गयीं। उनके सन्तान न होने का तर्क खुशालराम का सबसे बड़ा नैतिक कवच था। घर-बाहर के कितने ही लोग, कई बार सुना भी चुके

थे कि उस एक शादी और कर लेनी चाहिए। कौन जाने किवाड़ खोलनेवाला प्राप्त हो ही जाए !

गोमती के घर पर पाँव रखते ही खुशालराम के रंग-ढंग बदल गये। होठों के ऊपर झपकी बड़ी-बड़ी मूँछें कतर लीं। कपड़े भी ढंग से पहनने लगा अब। घर के आँगन पर पाँव रखते ही झुकी कमर सीधी कर लेता—तनकर चलने लगता। बीच-बीच में नशा-पानी के लिए खेतीखान से सुपारी भी मँगाकर चबाने लगा। कच्ची तो पीता ही था।

पैंतालीस की उमर पार करने के पश्चात् भी क़द-काठी अभी काफ़ी मज़बूत थी। गोठ में दुधारू भैंस बँधी थी। बैल भी अब अपने थे। इन दो-तीन ही सालों में बुधानन्द पण्डत की सोबत ऐसी फली कि जिस खुशिया को हफ़्ते में तीन-तीन दिन भरपेट भोजन न मिलता था, वह दिन में तीन-तीन बार छककर खाने लगा। जाड़ों में पण्डत का फटा झोला कन्धे पर झपकाये, उनके पीछे-पीछे नेपाल की सरहद तक के कुछ चक्कर काट आता और साल-भर खाने का जुगाड़ कर लेता।

'काली-लक्ष्मी' की दया-माया से उसे किस बात की फ़िकर थी ? लोग कहें तो कहते रहें ! भरपेट खाता-पीता देखकर सब यों ही कुढ़ते हैं !

ग्यारह

उस दिन धड़ी भरने के बाद जब सब चले गये तो उसे बड़ा चैन मिला। कारज के लिए आये मेहमान भी शाम तक जा चुके थे।

खुशालराम की सारी शंकाएँ अब समाप्त हो चुकी थीं। सारे रास्ते साफ़ थे।

भोजन के बाद रात गोमती उसके कमरे में आयी तो पंचायतनामे का काग़ज़ उसे दिखाता हुआ बोला, ''चार सौ की ठौल लगा गये कप्पन खसोट !''

''हँ हो, कितने हुए चार सै ?'' जिज्ञासा से गोमती ने पूछा।

''बीस—बीसी !''

''बीस की एक बीसी !'' अचरज से बोली वह, ''हाइ इजा ! इतने रुपै तुमने उन्को सच्ची भी लपका दिये— ?''

''न देता तो क्या करता ? जमदूत फिर हाँककर ले जाते तुझे और फिर करते तेरी कुकरगत !''

कृतज्ञ-भाव से गोमती उसकी ओर देखती रही, ''हाइ, इत्ता करजा कैसे चुकाओगे हो अब ?''

इस बार ठहाका लगाकर हँस पड़ा खुशाल, ''हत्तेरे की ! इतना कँगला समझ रही है क्या ?'' उसे और पास खींचकर, उसकी बड़ी-बड़ी नीली आँखों में झुककर झाँकता हुआ बोला, ''लाख भी कम हैं तेरे लिए !''

गोमती मुसकरायी तो खुशाल ने उसे कसकर बाँहों में भींच लिया।

गोमती के साथ सामीप्य-सुख अब तक मिला न था। पनचक्की से आने के बाद दो-तीन रात उससे छेड़खानी का प्रयास भी किया, नीचे एकान्त में गोठ ले जाकर, पर बिना दाँतवाली अल्हड़ घोड़ी की तरह बिदक पड़ी थी, ''जब तक सब तै नहीं हो जाता कि मैं तुम्हारे ही घर रहूँगी, तब तक ऐसा-वैसा कुछ न करो हो ! तुम्को जौं हाथ करती हूँ... !''

"कह तो रहा हूँ कि बखत आने पर धड़ी भर दूँगा !"

"न, हो न ! मैं ऐसी-वैसी नहीं, औरों की तरह ! जब सारी उमर तुमारे साथ रहना है, तो कुछ दिन नहीं ठैर सकते ?" उसकी ज़िद के आगे खुशाल ने हार मान ली और उसके तन के उघाड़े वस्त्र स्वयं समेटकर ऊपर चला गया और गोमती अपनी दोनों सौतों के पास बिछौना डालकर सो गयी थी।

पर आज धड़ी भर जाने के कारण खुशाल अधिक उतावला हो रहा था। बड़ी से कहकर अपना बिस्तरा उसने भीतर, भकारवाले कमरे में अलग लगवा लिया।

आले में धरा मिट्टी-तेल का लम्फू ढेर सारा धुआँ उगलता हुआ भभक रहा था।

"अब तो तुझको शिकायत नहीं..."

गोमती फिर मुसकरायी, "लम्फू निमा दो न ! उजेले में मेरे को शरम लगती है।"

खुशाल अपनी आदत के अनुसार ज़ोर से हँसा, "तू तो ऐसा कर रही है, जैसा क्वाँरी-कन्या भी नहीं करती...।"

गोमती का गोरा मुखड़ा शरम से और सिन्दूरी हो गया।

"इस नाक पर नथ कितनी अच्छी लगेगी—बड़े-बड़े लाल चन्दकवाली !" उसने गोमती की नाक दोनों अँगुलियों के बीच दबाते हुए कहा, "मैं लाऊँगा तो पहनेगी ?"

गोमती ने गद्गद होकर आँखें मींच लीं और हौले-से हँस पड़ी।

"तेरे दाँत तो कच्चे दाड़िम के दाने की तरह बड़े ही सुन्दर, सफ़ेद हैं हो गोम्ती ! देखें, कितने तेज हैं ?" उसके दाँतों के बीच खुशाल ने अपनी तर्जनी रखी तो गोमती ने हौले-से दबा दी।

खुशाल को सन्तुष्टि न हुई। बोला, "अरे, ऐसे थोड़े ही काटते हैं..."

"फिर कैसे ?"

गोमती की अँगुली अपने दाँतों के बीच धरकर खुशाल ने इतने ज़ोर से दबायी कि गोमती सीत्कार कर उठी, "हाई इजा ! तुम यह क्या कर रहे हो ?" दरवाज़े की दरार से रोशनी की एक धार बग़लवाले अँधियारे कमरे को भी चीर रही है, उन्हें पता न था।

दिन-भर के काम से थकी दोनों सौतें बिस्तर पर गिरते ही खर्राटे भरने लगती थीं, पर आज उनकी आँखों की नींद न जाने कहाँ हिरा गयी थी !

दोनों की आँखें रोशनी की तीखी धार पर टिकी थीं और सिहरते पूरे शरीर

कान बन गये थे। अस्पष्ट से टूटे-फूटे शब्दों को जोड़कर अपना-अपना अर्थ लगा रही थीं। उन्हें रह-रहकर वे दिन याद आ रहे थे, जब वे इसी तरह पहली बार भीतरवाले कमरे में गयी थीं—उनमें भी तब रूप था—ऐसी ही छलकती भरपूर जवानी !

मँझली से रहा न गया तो बिछौने पर ही उठ बैठी और दरार पर कान लगाकर सुनने का प्रयास करने लगी—

"कल नरबदी के दाने लाया था—सिप्टी-सिमाड़ से। तुझे दिये बड़ी ने ?"

"हाँ, दिये थे..."

"बड़ी तो कहती थी कि तूने खाये नहीं, किसी के लिए छिपा के रख लिये थे... !"

"खाये तो थे, सबके सामने—आँगन पर बैठकर, घाम में !"

"नहीं नहीं, बड़ी कभी झूठ नहीं बोलती ! तूने ज़रूर कहीं छिपा लिये होंगे !"

"कहाँ छिपाये ?"

"दिखा दूँ ?"

"हाँ-हाँ !"

बातों के साथ-साथ खुशाल हौले-हौले उसकी आँगड़ी के बटन सहलाता रहा था। अन्त में कुछ टटोलता हुआ चहका—"चोर कहीं की ! दिखा दूँ... !"

गोमती उछलकर हँस पड़ी तो पूरी की पूरी उसने समेट ली।

पलकें धीरे-धीरे मुँदने ही लगी थीं कि गोमती को सहसा होश आया। झपटकर उसने लम्फू बुझा दिया और रोशनी की दरार भी ओझल हो गयी।

कृतज्ञता से आकण्ठ डूबी गोमती शनैः शनैः उस पर छा गयी, छाती चली गयी। नारी के इस सहज समर्पण का सुख उसे कहीं गहरे में डुबाता चला गया। जीवन में पहली बार उसे यह अद्‌भुत अनुभूति हुई थी, जिसमें आकण्ठ डूब गया वह !

सुबह खुशाल को काम पर जल्दी जाना था। अतः वह मुँह-अँधेरे ही बिछौना छोड़कर चला गया था, लेकिन परचेत-सी पड़ी गोमती देर तक सोयी रही।

मँझली बन्द कमरे में गयी तो खिड़की का द्वार तनिक उघाड़कर देखती रही—अभी भी गोमती बिस्तर पर बिछी खर्राटे भर रही है। कपड़े तमाम अस्त-व्यस्त—बिखरे हुए।

केले के तने-सी सुडौल, स्वस्थ जंघाएँ ! दो ऊँचे टीले साँस के साथ गिर-उठ रहे हैं। गोरी-गोरी कलाइयों पर ढेर सारी काँच की हरी, लाल चूड़ियाँ, जो कल रात खुशाल ने पहनायी थीं।

—यही राँड राज करेगी अब इस घर में !

गहरी साँस लेकर किवाड़ बन्द किये और बाहर निकल गयी।

○○ ○○ ○○

पर इन सुख-सुविधाओं के बावजूद गोमती का मन लग नहीं रहा था। हर क्षण एक अजीब-सी बेचैनी उसे घेरे रहती। न दिन को चैन, न रात को आराम। ज्यों ही एकान्त आता काले-काले बादल उमड़ने लगते। खुशाल खुशामद में लगा रहता। किसी भी तरह की कमी का अहसास न होने देता। वह स्वयं भी सब कुछ भूल जाना चाहती थी, पर भुला नहीं पा रही थी अभागी !

दोनों सौतें भीतर-ही-भीतर जलने के बावजूद बाहर से गुड़ की डली की तरह मधुर बनी रहतीं। उन्हें भय था कि कुछ कहने मात्र से झंकी खुशाल छत पर जमा सारा धुआँरा चीख-चिल्लाकर झड़ा देगा !

उनके अन्तर को गोमती का झलझलाता रूप-रंग नहीं, अपना बाँझपन अधिक सालता था। खोट उन्हीं पर थी। खुशाल को वंश-बेल बढ़ाने के लिए कुछ तो करना ही था ! एक और आनी थी, आ गयी ! क्या फ़र्क पड़ता है !

पर, गोमती कहीं दूर डाँडे-पहाड़ों पर भटकने लगी थी।

दूध का भरा गिलास देखती तो कुन्नू की याद आ जाती। इतना अन्न है यहाँ, कोई खा नहीं पाता, उधर वह भूखा, पास-पड़ोस के रोटी खाते बच्चों का मुँह बिटर-बिटर ताकता होगा और लोग कुत्ते की तरह उसे झिड़कते होंगे।

दुरलि का मैका लधौंन में ही था। अभी कल ही वह आयी थी। वहीं के रिश्ते पर यहाँ भी बोज्यू ही कहकर सम्बोधित करती थी। कह रही थी, ''पिरम'दा बहुत कमजोर हो गया है अब भाभी ! कलिय'का दिन-भर उसे काम पर छेपाये रखते हैं। थोड़ी-सी गलती होने पर बच्चों की तरह झिड़क देते हैं। कुनुवाँ बिचारे के लिए बकरियाँ खरीद दी हैं। जाड़े से ठिठुरता हुआ उन्हें चराने के लिए बंजर डाँडों में दिन-भर भटकता है।''

बारह

"तू उदास-उदास क्यों रहती है... ?" एक दिन खुशाल ने पूछा तो गोमती कोई उत्तर न दे सकी।

"यहाँ तुझे कोई दुख-तकलीफ ?"

"न्नाँ।"

"मँझली और बड़ी कुछ कहती हैं ?"

"न्नाँ।"

"तो मुझसे कोई शिकायत ?"

"यह कैसे समझ लिया तुमने ?"

"फिर क्या बात है ? कुछ बोल भी न !" तुनककर खुशाल ने कहा तो गोमती प्रत्युत्तर में रो पड़ी और भागकर दूसरे कमरे में चली गयी। एक रात खुशाल को बहुत प्रसन्न देखकर, आग्रह के साथ, किसी अन्तरंग क्षण में पूछा उसने, "एक बात कहूँ... ?"

"हाँ, हाँ !"

"गलत अर्थ तो नहीं लगाओगे ?"

उसने सिर हिला दिया, "नहीं।"

"...क्या कुन्नू को यहाँ नहीं ला सकते... ? मेरा मन लग जाएगा और यहीं हमारा कुछ काम भी कर देगा। भैंस को ही चराया करेगा बंजर खेतों में !"

खुशाल को इस तरह के प्रश्न की इस समय आशा न थी। देर तक ठगा-सा सोचता रहा, फिर गोमती की ओर देखता हुआ बोला, "यह कैसे हो सकेगा ? उसका यहाँ आना क्या अच्छा लगेगा ? तुम्हारे और मेरे बीच कोई और हो—इसे मैं सह नहीं पाऊँगा। दूसरी बात यह है कि धड़ी भरते समय कलिया ने काग़ज़ में लिखवा लिया था कि बच्चा बाप के ही साथ रहेगा। तू ही बता, उसे अब

यहाँ किस तरह ला सकते हैं ?

"... ..."

उसका करुण चेहरा देखकर खुशाल का मन पसीज उठा। उसे प्यार करत हुआ बोला, "जो छूट गया, बीत गया, उसे लेकर अपना मन क्यों दुखाती है ? बता, उस पागल मुरदे से तुझे जीवन-भर क्या सुख मिला ? जहाँ तक बच्चे का सवाल है, सिद्धनारसींग बाबा की कृपा हुई तो तेरी गोद यहीं भर जाएगी ! तुझे बच्चा ही चाहिए न !"

मन की व्यथा गोमती कैसे समझाए ? जिस बच्चे के लिए आत्मघात न कर पायी उस दिन, क्या अब उसी के लिए यों मर मुकेगी ?

लगभग दो महीने बाद, अपने दोनों बच्चों को साथ लेकर, देवरानी के संग दुरलि फिर मैके गयी—अपने भाई के नमान पर, तो गोमती ने आधी भेली गुड़, कुछ दाने भुने हुए च्यूड़े—भट् के, छोटी-सी थैली में सिलकर, चुपके से कुन्नू के लिए भिजवा दिये, "तेरी इजा ने भेजे हैं—कह देना !"

खुशाल की एक फटी कमीज भी साथ भेजना न भूली—पिरमा के लिए। इतनी भयंकर सर्दी में वह क्या पहनता होगा ?

दुरलि पाँच-छह दिन में लौट आने का वादा कर गयी थी, पर पूरे महीने बाद लौटी।

पानी भरने गोमती नौला गयी तो वहीं सहसा उससे भेंट हो पड़ी, "बड़ी देर लगा दी हो दुरु तुमने तो !" गोमती ने पूछा।

"बोज्यू, क्या करूँ ? वहाँ जाते ही छोटा भव्वा बीमार हो गया था... !"

"अब कैसा है ?"

"कुछ समझ नहीं आ रहा। गंगतुवा कहता था कि मधलि काकी का पिरेत लगा है। उसे पूज दो। इस सोलह गते को एक बकरी चढ़ा देंगे, कैल-बकरिया देवता के थान में।"

"कुन्नू मिला था ?" कुछ रुककर पूछा गोमती ने।

"हँ-हँ, बोज्यू, मिला क्यों नहीं ? रोज़ सुबह बकरियाँ चराने हमारे ही आँगन से होकर तो जाता था। तुम्हारे भेजे च्यूड़े-भट् दे दिये थे।"

"कुछ कह रहा था ?"

"कुछ नहीं। थैली देखते ही खूब खुश हो गया। बानर की तरह झपटकर, दोनों हाथों से खपा-खप गाल भरने लगा...।"

"और कुछ..."

"मैंने पूछा कि अपनी इजा की याद आती है, तो खाते-खाते आँखों में

आँसु-कुला-भर आये और थैली उठाकर भाग गया...।''

गोमती का चेहरा यह सुनते ही न जाने कैसा-कैसा हो आया था ! कुछ क्षण ठगी-सी खड़ी रही, फिर जैसे सहसा कुछ याद आ पड़ा। उखड़े-उखड़े स्वर में बोली, ''तन पर पहनने को कुछ था दुरु ? इस साल तो बड़ी हिंयालि है—जुलम का जाड़ा पड़ रहा है... !''

''अपने कुरते के ऊपर पिरमा'दा का फटा कुरता टाँक रखा था। सर्दी से हाथ-पाँव फट गये थे। दरारों से लहू टपक रहा था...। खबीस ऐसे में भी उसे जंगल भेजते हैं—बालने के लिए चीड़-द्यार के छिलके लाने !''

पानी भरकर दुरलि चली गयी, पर गोमती ताँबे की गगरी पकड़े बैठी की बैठी रही।

तेरह

जाड़ा शुरू हो गया। बर्फ़ पड़ने के आसार स्पष्ट झलक रहे थे। ठण्डी हवा शरीर को बुरी तरह छीलने लगी थी। रात को खेतों में, खलिहानों में, पानी के नौलों में बर्फ़ के सफ़ेद पारदर्शी मोटे शीशे-से काँकर जमने लगे थे। ठण्ड से ठिठुरते, अधनंगे बच्चे शीशे की तरह तोड़कर काँकर ले आते थे और माँ-बाप की निगाहें बचाकर चूसने लगते थे। ठण्डे घने वनों में इतना सफ़ेद गहरा पाला पड़ने लगा था कि हिम का सन्देह होने लगता। अँधियारी घाटियों, घने वनों में नंगे पाँव चलना कठिन हो गया था। थोड़ी ही देर में हाथों-पाँवों का रंग नीला पड़ जाता और वे सुन्न होने लगते—एकदम निष्प्राण !

घर में जलाने के लिए बच्चे बोरियों में भर-भरकर, चीड़ के सूखे फल यानी चीड़ की 'बकरियाँ' बटोरने लगे थे। बस्ती की बस्तियाँ ख़ाली हो गयी थीं। कुछ दिन शीत से बचने—घाम तापने तथा पेट-भर भात खाने का जुगाड़ करने के लिए लोग बाल-बच्चों, गाय-डंगरों और ज़रूरी माल-असबाब के साथ पैदल तराई-भाभर की ओर निकल पड़े थे—क़ाफ़िलों की शक़्ल में।

पण्डत बुधानन्द के साथ डोटी-नेपाल जाने की योजना खुशाल बना ही रहा था कि पता चला—खिंयाली-बिरगुल के घने, भिसाले वनों से घिरे डाँडे को पार करते समय पण्डत को भालू ने पकड़ लिया था। पानी पीने के लिए पण्डत झुके ही थे कि काफल के पेड़ों के पीछे से गोंओ-गों करता हुआ दानवकार काला भालू आ टपका। पण्डत गरदन ऊपर उठाएँ उससे पहले ही भालू ने उन्हें अपनी बाँहों में, झप्पी मारकर जकड़ लिया था। देर तक मुठभेड़ होती रही। अन्त में मरते हुए पण्डत को कुछ न सूझा तो एक बड़ा-सा पत्थर उठाकर रीछ के सिर पर धम्म से दे मारा ! सुई-जैसे नुकीले, लम्बे-लम्बे काले बाल फटकारता हुआ रीछ मुड़ा और देवदार के वनों की ओर लुढ़कता हुआ ओझल हो गया।

पर तब तक पण्डत लहू-लुहान हो गये थे। भालू ने उनके हाथों-पाँवों के अलावा मुँह भी बुरी तरह पपोड़ दिया था।

पण्डत मरते-जीते, गिरते-पड़ते बिरगुल गाँव पहुँचे तो रात हो गयी थी। लोगों ने बचने के आसार न देखकर रात को ही डाँडी पर लाद कर मायावती के अस्पताल में दाखिल करा दिया था।

कहीं मर-मरा पड़ा पण्डत तो तेरे 'तिजारथ' का क्या होगा ? खुशाल परेशान हो उठा। फिर से रोटी के लाले पड़ जाएँगे। बैलों की जोड़ी बिक जाएगी। खुशालराम शिल्पकार से वह फिर 'खुशिया ल्वार' हो जाएगा। पण्डत को मौत के मुँह से किसी तरह बचाकर लाना ही होगा—यह सोचकर वह उसी दिन शाम मायावती के लिए निकल पड़ा—सेवा-टहल के लिए। पण्डत की बदौलत उसने बड़ा सुख पाया था। इसलिए इस दुख की घड़ी में भी साथ निभाने से पीछे नहीं हटना चाहता था।

०० ०० ००

बहुत दिनों बाद आज फिर धूप चमकी थी। गोमती आँगन में बैठी गीले बाल बिखेर ही रही थी कि दुरलि की लड़की सामने दिखलाई दी, "तुझे इजा बुला रही है, ठुल इजा !"

"क्या काम है चड़ी ?"

"पता नहीं, जाकर पूछ ले !" कहती हुई लड़की भाग गयी।

रस्सी की तरह ऐंठकर, यों ही गीले बाल निथारकर, सिर को पिछौड़ी से ढककर गोमती दुरलि के घर पहुँची ही थी कि आँगन में खिमु'का तम्बाखू पीते दिखाई दिये।

सिर को और सावधानी से ढककर, लम्बा-सा घूँघट निकाले गोमती ढोक देने के लिए खिमु'का के चरणों पर झुकी तो खिमु'का ने अपना दाहिना हाथ आगे बढ़ाया।

"कैसी है ब्वारी तू ?" खाँसते हुए उन्होंने तम्बाखू का धुआँ बाहर उगला।

"ठीक ही हूँ..."

"... ...।"

"घर में कुसल-बात सब ठीक ही होगी ?" गोमती ने पूछा

"हाँ, ठीक ही है...।" वह उसी तरह तम्बाखू पीते रहे।

पल-भर सन्नाटा रहा। किसी को सूझ न पा रहा था कि अब कौन-सा प्रश्न

पूछना चाहिए ! तभी, गोमती बोली, ''आज अचानक कैसे आये ससुर ज्यू ?''

''ऐसे ही ब्वारी !'' खिमु'का ने फिर ढेर-सारा तम्बाकू निगला, ''एक बकरी खरीदकर लाया हूँ—कनाँन से। सोचा रास्ते में दुरलि के यहाँ भी हो आऊँ। जमाई का उलाहना है कि मैं यहाँ नहीं आता ! क्या करूँ ?''

फिर वैसी ही शून्यता व्यापने लगी। चिलम को दीवार के सहारे टिकाकर, वह कुछ सोचते हुए बोले, ''हमारे पिरमुआँ के तो अब कोई हाल नहीं !'' खिमु'का ने एक दीर्घ स्वाँस छोड़ी, ''कलिया की सन्तान ललाएगी ! उन बेचारों को दुख दे रहा है ! लाम में से देविया के कुछ रुपये आये थे—आखिरी हिसाब-किताब के। सुना है यह खबीस उन्हें भी खा गया है...। पिछले महीने छब्बीस गते को पटवारी ज्यू गाँव आये थे। कलिया को खूब खरी-खोटी सुना गये थे। लोग कहते हैं कि मरने से पहले देबिया ने सरकार को काग़ज़ लिखा था कि मेरे परिवार के लोगों को घर में बहुत सताया जा रहा है। मैं लाम पर हूँ, वहाँ उनकी रक्षा करने वाला कोई नहीं है। यदि मैं लड़ाई के 'फरण्ट' पर मारा गया तो उन्का क्या होगा ?''

कहते-कहते खिमु'का अटक-से आये। रीती निगाहों से कुछ खोजने लगे, ''हमारा देबिया आज जिन्दा होता तो कलिया कल्यूँड़ की यों न बन आती। देबिया तो सुना जाते-जाते पोखरी के गुमानसिंह दुकानदार से कह गया था कि कलिय'का ने अब बच्चों पर हाथ उठाया तो एक-एक कर सबको गोली से भून दूँगा। फिर चाहे फाँसी हो जाए... ! वही अभागा चला गया तो अब क्या करें ? कलिया को अब किसी की डर-परवा नहीं। उसका ढण्ट—तेजुवा गाँव में 'पधान' बना, जिसे चाहे सरेआम पीट लेता है। पंच-सरपंच सब उसकी मुट्ठी में हैं...। जंगल में कच्ची बनाकर सबको पिलाता है। पूरा इलाका इन बदमासों ने भरस्ट कर दिया है हो, क्या करें ?''

नन्हे-से, नाटे से, दुबले-पतले खिमु'का कहते-कहते आवेश में आ गये, ''परसों उन्होंने हमारी हरलि पर हाथ उठाया। घर में उस दिन लछिया नहीं था, नहीं तो खून-खच्चर हो जाता !''

गरदन झुकाये गोमती उसी तरह खड़ी सुनती रही।

''बोज्यू, तुम लै बैठ न !'' दुरलि ने कहा, तब भी वह उसी तरह पलकें झुकाये खड़ी रही।

''ब्वारी,'' गोमती बहू को सम्बोधित कर खिमु'का ने कहा, ''मैंने तुझे इसलिए बुलाया है कि कुनुवाँ बिचारे को तू अपने पास ही बुला ले ! नहीं तो बाप की जैसी गत उसकी भी हो जाएगी। उसे कुत्ते की जूठी-पीठी रोटियाँ देते

हैं, वह भी भर पेट नहीं। हाड़ ही हाड़ रह गये हैं बिचारे के। देखते ही खाँत लगती है मन में...।''

दाँतों के बीच ज़ोर से निचला होठ काटती, गोमती मेंड़ के सहारे मिट्टी पर ही हौले-से बैठ गयी–

''तुम ही कुछ करो हो ससुर ज्यू !'' कातर-भाव से उसने अपने दोनों हाथ जोड़े, ''मुझे कुछ भी नहीं सूझ रहा ! क्या करूँ, मेरे करम ऐसे काने क्यों निकले... ?''

तभी मेथी के दाने और काली मिर्च की सफ़ेद दूधिया 'चा' के गरम पानी का लम्बा-सा गिलास लिये दुरलि आयी। गुड़ की छोटी-सी गीली डली आगे बढ़ायी, ''लि बोज्यू गरम पानी।''

गरम पानी का गिलास गोमती ने थाम लिया। पर वह इतना गरम था कि इतने गरम पानी को वह पी नहीं पा रही थी। गिलास को होठों तक छुआकर ही रख देती। लेकिन खिमु'का सुड़क-सुड़क की आवाज़ के साथ अँगुली पर गीला गुड़ चिपकाकर, कटकि लगाते हुए आधा गिलास क्षण-भर में रीता कर गये।

ढेर सारी भाप उड़ रही थी 'चा' से। वैसी ही गरम-गरम भाप सबके मुँहों से भी।

''जंगल में चोरी-छिपे कच्ची शराब बना रहा है नौंहाल ! अगर कोई रपोट कर दे तो दोनों बाप-बेटे को जन्म-कैद हो जाएगी...।'' ख़ाली गरम गिलास मेंड़ पर धरकर खिमु'का झटपट उठ खड़े हुए। कन्धे पर ऊनी पंखी का सपका डालकर, मिमियाती बकरी के गले की रस्सी थामे चल पड़े।

सहसा घनघोर काले-काले बादल सिप्टी-सिंमाड़ की तरफ़ से घिरने लगे थे ! पानी बरसने लगा तो वक़्त पर लधौंन कैसे पहुँच पाएँगे ? खेतीखान में ही रात हो जाएगी !

०० ०० ००

एक दिन के लिए खुशाल मायावती से घर आया तो रात को गोमती ने कहा, ''कलिया जंगल में चोरी-छिपे कच्ची बनाता है। आज खिमु'का कह रहे थे–अगर सरकार-दरबार में कोई रपोट कर दे तो उनको ज़रूर झेल हो जाएगी !'' चेहरे की प्रतिक्रिया जानने के लिए, गोमती ने टटोलती निगाहों से उसकी ओर देखा।

इस समय, इस अप्रत्याशित, अप्रिय प्रश्न को सुनकर खुशाल चौंका।

''कलिया बदमाश को झेल हो या फाँसी तुझे क्या ?'' नड़ककर वह बोला,

"तू उनके लिए बेकार में अपने परान क्यों सुखा रही है ? हजार दफे कह चुका हूँ कि तू वहाँ की बातें न सोच, न सोच ! पर तेरी अकल पर न जाने क्या पत्थर पड़ गया है ? जिस दिन तू यहाँ आ गयी थी, उसी दिन तेरे लिए कलिया, पिरमा, कुनुवाँ—सब साले मर गये थे। फिर अब उनका जिकर क्यों करती है ? मेरा मन खट्टा हो जाता है !"

गोमती सहमकर चुप हो गयी।

वह सोचती थी कि खुशाल की कुछ जान-पहचान है। पटवारी-पतरौल भी इसकी सुनते हैं। अगर यह काग़ज़-पत्तर लिखवा दे तो कलिया और तेजुवा को उनके पापों की सज़ा मिल जाएगी।

पर ऐसा उत्तर सुनकर, हताश-सी गोमती मुँह खोले देखती रही।

मन के चैन के अलावा यहाँ सब कुछ था, उसके पास। खुशाल भी कोई कमी न होने दे रहा था—किसी भी तरह की। इधर-उधर से कुछ उधार लेकर भी थोड़े-बहुत गहने-पत्ते बनवा दिये थे। तीन-चार छान के कपड़े थे। खाने-पीने की कोई कमी नहीं। फिर भी कभी-कभी गोमती को लगता—इसी की उसे इच्छा होती तो यह किसी के भी घर बैठकर मिल जाता। देह के बदले दो रोटियाँ कहाँ नहीं प्राप्त होतीं ? पर यह उसने कब चाहा था ?

एक अजीब-सी विरक्ति की भावना उसके मन में भर गयी। उसे लगने लगा—शायद यहाँ भी त्राण नहीं।

चौदह

इस वर्ष पण्डत बुधानन्द के साथ खुशाल 'तिजारथ' के लिए डोटी-नेपाल की तरफ़ न जा पाया था। पूरे दो महीने अस्पताल में रहकर बुधानन्द घर लौटे तो पहचाने न जा रहे थे। जबड़ा नाक से मिला हुआ लगता। दायीं आँख की जगह अखरोट के बराबर गड्ढा था। रीछ ने जगह-जगह से इस बेरहमी से नोचा था कि देखते ही भय लगने लगता। डरकर बच्चे दूर भाग जाते।

जन्म अकारत होने के बावजूद वह इसे पुनः सकारत करना चाहते थे। डोटी-नेपाल की तरफ़ जाने की स्थिति में न रहने पर उन्होंने यहीं कोई रास्ता निकाल लिया था। गाँवों में घूम-फिरकर, जगह-जगह से अत्तर-गाँजे की काली-काली सेलियाँ खरीदकर इकट्ठी करने की योजना बनाने लगे। और यहाँ भी उनका परम सहयोगी बन रहा था—खुशाल !

लेकिन दुर्भाग्य से यह धन्धा चला नहीं। आठ-नौ महीने भटकने के बाद भी हाथ कुछ न आया तो बुधानन्द ने एक नयी तरकीब सोची—बकरियाँ पालने की। पैसे वह लगाएँगे और उन्हें पालेगा, बेचेगा खुशाल ! जितनी आमदनी होगी, आधा-आधा बाँट लेंगे।

बामन होने पर वह अगर बकरियों का तिजारत करने लगेंगे तो लोग क्या कहेंगे ? अतः उन्होंने बड़ी चतुराई से बन्दूक़ खुशाल के कन्धे पर रख दी थी।

पहली खेप में ग्यारह बकरियाँ और दो हेल्वान आये। खुशाल ने घर के सामने एक बाड़ानुमा झोंपड़ी डाल ली—घास-फूस की।

उसका संकट टल गया। वह फिर मगन था !

oo oo oo

लोहाघाट में रिखेश्वर के पास, फूलडोल का मेला था। गाँव के बहुत से लोग जा रहे थे। खुशाल ने गोमती से कहा तो वह टाल गयी, "मेरा मन नहीं !"

"तू तो निरी पगली है," खुशाल ने कहा, "तेरे लिए एकाध कपड़ा-लत्ता ख़रीद देंगे। भरपेट दूध-जलेबी खाएगी। घर में अपने खाने के लिए गोला मिसरी ले आएगी। तेरे खाने-पीने के दिन तो अब शुरू हो रहे हैं–चल न !" खुशाल ज़ोर से हँस पड़ा।

न चाहते हुए भी गोमती को जाना पड़ रहा था। कलकोट की तरफ़ से कुछ और रिश्तेदार भी मेले में आने वाले थे। खुशाल चाहता था कि खूब बन-ठनकर जाएगी तो इज्जत बढ़ेगी। भाई-बिरादरी में भी उसके सौकारपने की कुछ चर्चा होगी।

यही सब सोचकर खुशाल ने अच्छे-अच्छे रंग-बिरंगे कपड़े, जो टनकपुर मण्डी से ख़रीदकर लाया था–उसे पहनने का आदेश दिया। पाँवों पर झाँवर, हाथों पर चाँदी की पौंचियाँ, गले में ढेर सारी मालाएँ !

अपने ही सौन्दर्य का भार गोमती उठा न पा रही थी।

मेले में जाकर खुशाल ने खुले हाथ से ख़र्च किया। गोमती के लिए फुन्दे ख़रीदे, चूड़ियाँ ख़रीदीं, माथे पर लगाने के लिए बड़ी-बड़ी लाल बिन्दियाँ ख़रीदीं। चटक-मटक रेशमी रूमाल।

'तिजारथ' का कुछ पैसा अभी शेष था शायद, इसीलिए दोनों हाथों से लुटा रहा था।

गोमती के लिए इतनी सारी वस्तुएँ ख़रीदने पर भी उसका मन अघा न रहा था। शाम को घर जाने से पहले काग़ज़ की थैली-भर मिठाई और बाँध लाया।

बस-अड्डे के पास गाँव की अन्य औरतों के साथ उसे बिठलाकर, किसी ज़रूरी काम से वह ऊपर पटवारी के डेरे में चला गया। मेले से लौटने वालों की भीड़ लगी थी। समस्या यह थी कि खेतीखान तक केवल एक बस जाएगी तो इतने यात्री उसमें कैसे समा सकेंगे ?

"हँ लि, ओ बोज्यू, तुम तो पहचानी भी नहीं जा रही हो ? इत्ते गहने-ही-गहने !" परलि छू-छूकर उन्हें देखने लगी, "ये बालियाँ कित्ते तोले की हैं हो ? झाँवर कहाँ बनाये ? बनात की गोटवाली पिछौड़ी तो खूब छज रही है–बुरौंज के फूल-जैसी ! झका-झक !"

गोमती सकुचाती हुई, शरम के मारे कुछ भी बोल न पा रही थी। लधौंन की ही थी परलि–खिमु'का की छोटी बेटी। उसी नाते से बोज्यू कह रही थी।

भीड़ से परे ले जाकर कुछ मिठाई उसे देती हुई बोली, "हँ हो, यह मेरे कुन्नू

को दे देना !'' एक सीटी और पिपरी भी उसी समय ख़रीदकर उसकी आँगड़ी की जेब में डाल दी।

''भूलना नहीं हाँ !'' गोमती का स्वर आर्द्र हो आया।

फिर कुछ रुककर बोली, ''तुमारे ददा के क्या हाल हैं ?''

''पिरम'दा के न !''

''हाँ ! हाँ !''

''द, तुम्को पता नहीं बोज्यू ! किसी से कहना नहीं। पटवारी ज्यू ने कलिय'का की शराब-भट्ठी पर छापा मारा तो पिरम'दा ही पकड़ में आया, बाकी के तो पहले ही गायब हो गये थे। उसे 'हथगेड़ी' पहनाकर परसों यहीं लोहाघाट ले आये हैं। कहते हैं हौलात में डाल दिया था।'' एक ही साँस में परलि कह गयी।

थोड़ी ही देर बाद चिन्ता आया, ''पिरम'दा को बीड़ी दे आया। यहीं पास ही हौलात में पड़ा है बिचारा ! गलती कोई करे और... !''

बस-अड्डे के पास ही था—हवालातघर ! सामने ही काली पाथर की चादरों से छहीं छत साफ़ दिखलाई दे रही थी—सड़क के नीचे, देवदार वृक्षों के बीच।

गोमती छत की ओर देखती रही, सशंकित दृष्टि से। फिर इधर-उधर झाँककर परलि का हाथ पकड़े, दबे पाँव चल पड़ी। साथ बैठी महिला के पास सामान की बड़ी पोटली छोड़ गयी।

सड़क के नीचे, किंचित् ढलान पर थी हौलात। ऊपर से ही बड़े-बड़े सीखचे साफ़ दिखलाई दे रहे थे। सड़क कच्ची थी। गीली, चिकनी मिट्टी पर पाँव फिसलने का ख़तरा था। इसलिए बच-बचकर, सँभल-सँभलकर नीचे उतरी। लोहे की ऊँची-ऊँची छड़ों से घिरी अँधियारी कोठरी में टटोलती व्यग्र दृष्टि से कुछ खोजती रही।

एक छाया-सी हटी तभी।

नदी की तरफ़ वाले दरवाज़े की ओर पीठ किये, ठोड़ी को घुटनों से मिलाये, जीर्ण-शीर्ण वस्त्रों में लिपटा पिरमा टुकुर-टुकुर बाहर झाँक रहा था—भावशून्य दृष्टि से। हलकी-हलकी पीली धूप का छोटा-सा चकत्ता, लोहे की छड़ों से कट-कटकर उसके पाँवों के पास बिखरा पड़ा था।

सूखा शरीर ! बुझी हुई आँखें ! झुकी कमर !

दोनों हाथों से लोहे की ठण्डी छड़ें पकड़कर गोमती सामने बैठे पंजर को देखती रही।

दाहिने हाथ की दो अँगुलियों के बीच बुझी बीड़ी की ठण्डी दबी पड़ी थी।

सामने खड़ी गोमती की ओर देखकर भी लग नहीं रहा था कि कहीं देख रहा है।

सजल नेत्रों से गोमती उसकी ओर न जाने कब तक निर्निमेष ताकती रही !

—कह क्यों नहीं देते कि अपराध तुमने नहीं किया, नहीं किया ! गोमती गला फाड़-फाड़ कहना चाहती थी, पर शब्द गले में ही गोला बनकर अटक गये थे।

"ओ बोज्यू, मोटर आ गयी है हो ! चलना नहीं !" परलि ने ऊपर से आवाज़ लगायी तो गोमती की तन्द्रा टूटी। आँगड़ी की जेब में गट्टा-मिसरी की एक पुड़िया थी—छड़ों के बीच हाथ छिरकाकर वह सामने फेंकी और जेब से कुछ छपे काग़ज़-पत्तर और कुछ टूटी रोजगारी भी बिखेर दी।

—बीड़ी-तमाखू के काम आएँगे कभी !

पर पिरमा ने उन्हें फ़र्श से उठाया नहीं। बिखरे सामान की ओर न जाने किस भाव से, उसी तरह बैठा ताकता रहा !

०० ०० ००

"कहाँ चली गयी थी ?" बस का टिकट थामे खुशाल खड़ा था।

"यहीं पास ही तो..."

"अरे, तू रो क्यों रही है ?" आश्चर्य से खुशाल ने पूछा तो गोमती यों ही हँस पड़ी, "रो कहाँ रही हूँ ? मैं तो हँस रही हूँ...।" उससे सटकर खड़ी हो गयी वह।

अन्तर की इतनी विरक्ति के बावजूद गोमती ने खुशाल के प्रति अपने कर्तव्य में कभी कोई कमी नहीं की। जो वह चाहता, चुपचाप कर देती। मुँह खोलकर कभी किसी प्रश्न का उत्तर न दिया, सिर झुकाकर सब स्वीकार करती रही।

खुशाल के साथ उसकी 'जीने-मरने' की स्थिति से दोनों सौतें परेशान थीं। अपने को हर तरह से उपेक्षित समझ रही थीं। उसी से दिन का साथ, उसी से रात का। घर की ताली-कुंजी भी उसी के हाथ !

बकरियों के बाड़े के लिए चीड़ के तख्ते ढोती बड़ी एक दिन फनककर बोली, "हँ हो, तुम्को तो चाम प्यारा है, काम नहीं ! हम खेतों पर हाड़ गलाती रहें और वह घर में राज रचाती, पाँव हिला-हिलाकर खाए ? उसी पर लगे हैं न रसभरे बड़े-बड़े गुच्छे !"

"घर में रोटी-भात बनाने के लिए कोई तो रहेगी ही।"

"हाँ, हाँ, वही रहेगी ! वह नहीं रहेगी तो अपने पुराने खसम से लाड़ कैसे लड़ाएगी ? तुमारे कपड़े चुरा-चुराकर उसे कैसे भेजेगी ? अपने बच्चे के लिए गुड़ की भेलियाँ और च्यूड़े-भट् के थैले बाँध-बाँधकर कैसे सरकाएगी ? और तुम, तुम इसे इसके पुराने खसम से मिलाने लोहाघाट कैसे ले जाओगे ? मैं झूठ बोल रही हूँ तो दुरलि से पूछ लो ! खिमली को बुला लो। फूलडोल के मेले में यह उससे मिलने हौलात गयी थी ! सारा दिन उसी के लिए रोती रहती है राँड़ ! इतनी ही ज्योंनी-मरनी है तो अपना मुँह वहीं काला क्यों नहीं करती ? डाकिन, हमारे घर का भताभंग करने क्यों आयी है... ?"

खुशाल उस समय चुप हो गया, पर बाद में और लोगों ने भी जिक्र किया तो उसके मन में नाना प्रकार के नाग लोटने लगे। इतना सब करने के बाद यह हाल ! उसी दिन राँड़ नदी में छाल मारकर मर जाती तो न इतनी बदनामी होती और न धड़ी भरने का खरचा ही !

सारा दिन खुशाल परेशान रहा और रात को लोटा-भर कच्ची गटककर मुरदे की तरह सो गया।

चौके-बरतन के काम से निबटकर गोमती कमरे में पहुँची तो वहाँ निपट अँधियारा लगा। तेल का लम्फू भी आज जला न था। अँगीठी से छिलका जलाकर उसने कमरे में प्रकाश किया और खुशाल को जगाकर दूध का गरम गिलास उसकी ओर बढ़ाया, "हँ हो, तुम तो आज साँझ को ही सो गये ? कहीं जर-बुखार तो नहीं !"

खुशाल ने कोई उत्तर न दिया, चुपचाप गिलास थाम लिया। अपने ठण्डे हाथ लोहे के गरम गिलास के चारों ओर लपेटकर गरम करता हुआ गोमती की ओर देखता रहा—

आँखें लाल थीं खुशाल की, चेहरा स्याह।

गोमती को वक्र-दृष्टि से ताकता हुआ बोला, "तुझे बेटे की बड़ी याद आती है ? खूब नराई लगती है न ?"

गोमती कोई उत्तर न देकर उसकी ओर देखती रही—ऐसा प्रश्न खुशाल ने इससे पहले कभी भी पूछा नहीं था। फिर आज ही क्यों पूछ रहा है ?

"मैं कुछ पूछ रहा हूँ ?—बता न !"

"हँ, कभी-कभी !" उसने सिर हिलाया।

"पिरमुआँ की भी ?"

गोमती ने सिर झुका लिया।

"तू उनके पास जाना चाहती है ?"

क्या उत्तर दे, गोमती को सूझ न रहा था। अँगुली के नाखून से गोबर मिट्टी से लीपा कच्चा फ़र्श खुरचने लगी।

इस बार तनिक ऊँचे स्वर में वह बोला, "मैं पूछ रहा हूँ—तू उनके पास जाना चाहती है ?"

"हाँ, तुमारी अज्ञा हो तो... !" गोमती ने विह्वल होकर उसके पाँव पकड़ लिये, "मेरा मन उचाट हो गया है सच्ची। एक बार अपने कुनुवाँ को देख आना चाहती हूँ। सुना है, भौत बीमार है...हाड़ ही हाड़ रह गये हैं...।"

"तो वहीं उन्हीं के साथ क्यों नहीं रह जाती ?" कुछ सोचते हुए खुशाल ने कहा।

यह सुनते ही और कृत्त-कृत्त हो उठी गोमती, "तुम्हारी अज्ञा हो तो... !" डबडबायी आँखों से उसने ऊपर देखा, "यही तो होगा न कि तेजुवा हम सबको काट डालेगा ! उनके साथ मरने में भी मुझे दुख नहीं होगा... !"

खुशाल की सहन-शक्ति जवाब दे रही थी। अब वह अपने पर अधिक नियन्त्रण न रख सका। उसकी सारी देह आवेश में काँपने लगी। आँखों से चिनगारियाँ-सी फूटने लगीं। उसकी छाती पर ज़ोर से एक लात जमाता हुआ फट पड़ा, "कुतिया राँड़ ! उन्हीं के साथ मरना था, तो इत्ता सारा नाटक क्यों किया ? क्यों आयी थी यहाँ ? वहीं मर जाती ! तेरे लच्छन ही भले होते तो वहीं खाती ! कुतिया की तरह घर-घर का जूठन खाने क्यों डोलती ?"

वह बिछौने पर ही सिमिटकर बैठ गयी—सहमकर।

भली-अच्छी बात पूछते-पूछते इन्हें क्या हो पड़ा ? गोमती की सहज बुद्धि में यह बात न आ पा रही थी। पाँव के आघात से नहीं, किसी दूसरी व्यथा से वह तड़प रही थी।

"यहाँ से जाने की बात तू सोच कैसे सकती है बता ?" अन्धकार में ही वह गरजा, "धड़ी मेरे नाम की भरी गयी ! चार सौ रुपये करज लेकर मैंने चुकाये ! पहले अपने बाप के रुपये गिन जाना, फिर देहरी के बाहर पाँव धरना। देखता हूँ, ऐसे ही तू किस प्रकार पिरमुआँ साले के घर फिर बैठती है ? वहीं से घसीटकर लाऊँगा। राँड़, अब किसी नये खसम की खोज में होगी ! तेरी चालाकी मैं सब जानता हूँ... !"

गोमती सन्न रह गयी ! उसके बिछौने पर फिर दुबारा न गयी। गठरी की तरह एक कोने में ठिठुरती पड़ी रही।

उसे याद आया—

उसके साथ ऐसा ही तब भी हुआ था, जब उसकी पहली शादी हुई थी

चालसी पट्टी में, पिरमा से शादी से पहले। बारह बरस की उमर थी तब; जब विवाह के बाद पहली बार ससुराल गयी थी।

उसके दूध के दाँत भी अभी टूटे न थे। दीन-दुनिया की कुछ भी ख़बर न थी। विवाह क्यों होता है, क्या होता है, उसे पता न था। उसे केवल अच्छे कपड़े पहनने की ही खुशी थी।

रात को खाने-पीने का काम समाप्त कर उसकी विधवा जेठानी उसका हाथ पकड़कर भीतरवाले कमरे में छोड़ आयी और स्वयं बाहर आकर, बाहर से कुण्डा चढ़ा दिया था।

सास-ससुर, ननद-देवर कोई भी न था इस परिवार में। दूर के रिश्ते की इस निःसन्तान भावज के साथ पति तीन साल से रह रहा था। रिश्तेदारों के दबाव में आकर उसने कहीं अब जाकर यह विवाह किया था, अन्यथा कभी न करता।

अँधेरे कमरे में अकेले पहले तो उसे डर लगा, फिर किसी के चलने की आहट आयी, उसे समझते देर न लगी कि पति के पाँवों की ही आहट है !

उसका हाथ पकड़कर वह अन्धकार में ही उसे अपने बिछौने पर ले गया। पति-पत्नी के सम्बन्ध क्या होते हैं, उस अबोध को क्या पता ? वह चुपचाप गरम बिछौने में घुस गयी। दिन-भर की थकी थी। पलकें नींद से बोझिल ! उसे झपकी-सी आने लगी, पर वह उससे लाड़ जताता हुआ जगह-जगह से टटोल रहा था। उसने आवेश में उसे बाँहों में कसकर ज़ोर से भींचा तो उसका दम घुटने लगा। कुछ सीमा तक वह सारी स्थितियाँ सहती रही—सहती चली गयी, पर ज्यों ही पति के प्रेम की सीमा कुछ और बढ़ी, नन्ही गोमती घबराकर पसीने-पसीने हो गयी। पीड़ा असह्य होते ही ज़ोर से चीखी !

ज्यों-ज्यों पति पाशविक बल का प्रदर्शन करता चला गया उसकी चीखें बढ़ती चली गयीं।

तभी पता नहीं पति को क्यों इतनी झुँझलाहट हुई कि आवेश में उसकी नंगी पीठ पर एक मुक्का जमाया और कीड़े की तरह पकड़कर दूर छिटक दिया।

अभी वह सिसकती-रोती, गुड़ी-मुड़ी-सी कोने पर पड़ी ही थी कि खटाक् से बाहर का कुण्डा खटका। अँधियारे में ही जेठानी धमकती हुई भीतर चली आयी।

"हँ हो देवर ज्यू, यह अकेले तुमारे बस की नहीं है हो। इसे तो मैं ठीक करूँगी, मैं !" कहती हुई वह उसे फिर उसके पति के बिछौने पर घसीट लायी। देवर की सहायता के लिए उसने अपने दोनों मजबूत पाँवों से गोमती के घुटने दबाये और ऐंठकर कलाइयाँ पकड़ लीं, "अब कर चूँ... !"

पति ने अपनी हथेली से उसका मुँह इतनी ज़ोर से दबाया कि वह चीख

भी न पा रही थी अब !

कुछ देर बाद पसीने से नहायी अचेत-सी एक ओर लुढ़क पड़ी—विवश भाव से।

असह्य पीड़ा से वह कराह रही थी। सारा शरीर सूखे पत्ते की तरह काँप रहा था थर-थर ! जेठानी अब उसे खींचकर बाहर ले गयी और स्वयं भीतर घुसकर फटाक्-से किवाड़ बन्द कर दिये।

सुबह तक ठण्ड से ठिठुरती हुई वह अकेली पड़ी रही। जीवन में तब पहली बार उसके पति ने उसके साथ बलात्कार किया था।

अपने को ऐसी ही उपेक्षिता, असहाय उसने तब महसूस किया था, जैसा कि आज।

आज भी कुछ-कुछ वैसा ही हो रहा था—किसी दूसरे ढंग से। पति ने उसे घसीटकर बाहर फेंक दिया तो दोनों सौतें इकट्ठी ही झट् भीतर चली गयी थीं। भीतर से धड़ाम्-से किवाड़ बन्द कर दिये थे...।

सुबह उसका चेहरा बहुत उतरा-उतरा था। पानी भरने से लौटी तो पति की अनुपस्थिति का लाभ उठाकर दोनों सौतों ने उसके शरीर से गहने उतार लिये और घर की ताली-कुंजी भी झटक ली।

फिर जोगन की जोगन बन गयी गोमती। दिन-रात बाहर का काम करती, पानी भरती, जंगल से घास-पात लाती, जलाने के लिए लकड़ियाँ काटती। गाय-डंगरों और बकरियों का बाड़ा साफ़ करती और दालान में फटा दन बिछाकर पड़ी रहती।

पन्द्रह

"तेरी इजा बहुत बीमार है। अन्तिम बार मुँह देखने के लिए तुझे बुलाया है !" अदालत के काम से चम्पावत जाता हुआ एक घोड़िया एक दिन कह गया था, गोमती से।

इतनी बड़ी दुनिया में एक ही ठौर थी, जहाँ वह रात के अँधेरे, दिन के उजेले में निधड़क जा सकती थी। पिता नाम का जीव कैसा होता है, उसे पता न था। पिता का प्यार ही नहीं पहचाना था उसने कभी। पतियों से ऐसा सुख मिला ? अब केवल माँ ही थी अकेली, जिसकी गोदी में, इतनी बड़ी होने के बावजूद, आज भी सिर लुकाकर रो लेती थी, मन की व्यथा जिससे कह लेती थी !

स्वयं भूखी रहकर भी तीज-त्यौहारों में बेटी को कभी बिराती न थी, कुछ-न-कुछ अवश्य भेज देती थी। सबके मैके से कितनी-कितनी चीज़ें आती होंगी–चैत की रोटी, असौज-कातिक के लाडू-च्यूड़े, पर वह कहाँ से लाती यह सब ? खाने की ही लंक लगी थी उसके लिए। फिर भी इधर-उधर से गुसाईं, बामन, जिमदारों से माँग-मूँगकर जो मिल जाता, उसी को सहेजकर भेजना न भूलती थी।

वह भी छूट गया तो फिर क्या रह जाएगा ? दुख-अबेला की कुघड़ी में किसके द्वार खटखटाएगी वह ?

गाय-बैलों का गोठ साफ़ करने के बाद, बकरियों का बाड़ा झाड़ती वह न जाने क्या-क्या सोचती रही ! इन कुछ ही दिनों में उसने कितना कुछ नहीं सोच डाला था !

खुशाल अभी-अभी बाहर गाँव से लौटा था–कन्धे पर ऊनी पंखी का सपका डाले। घास की छानी की छाया में बैठा सुस्ता रहा था। घर जाकर गोमती उसके

लिए ठण्डा पानी लायी और साथ ही हुक्के में भरकर तमाखू भी।

चिलम गुड़गुड़ाता हुआ गोमती की ओर देखता रहा वह–

गोरी-गोरी कलाइयों में गोबर लगा है। आँगड़ी-पिछौड़ी के चाल भी मैले हैं। पाँव गीले गोबर से ऊपर तक सने हुए। इसीलिए घाघरी ऊँची बाँध रखी है–ठोस, चिकनी पिण्डलियों पर कहीं-कहीं मैल के बदरंग छींटे !

छानी का खम्भा पकड़े गोमती सूखे पयाल का तिनका दाँतों से कुतरती हुई बोली, "मेरे मैके से जवाब आया है, इजा सखत बीमार है...। पिरमा, कुनवाँ की तरह उसे भी मान लूँ कि वह भी मर गयी मेरे लिए ? तुमने ही तो कहा था. ..या मुँह देख आऊँ मरते समय ?" गोमती के गले में शब्द भँवर खाकर अटक गये। खुशाल का सारा शरीर झनझनाने लगा। निर्निमेष वह ताकता रहा गोमती की ओर, गोमती की गदरायी देह की ओर, जिससे छलकते यौवन की मादक गन्ध फूट रही थी।

उसकी नशीली, नीली, मदभरी आँखों के नीचे अजीब-सी रेखाएँ खिंच गयी थीं।

"गोमती, तूने गलत समझा मुझको !"

"मेरी क्या औकाद, तुमको गलत समझने की ?" उसी स्वर में गोमती बोली, "इत्ती बड़ी सजा तुमने मुझे दी। इससे अधिक और क्या कर सकते हो अब ? खुद पीटने के बाद भी पेट न अघाया तो सौतों से पिटवाया...। मैं चाहती तो किसी के भी घर बैठकर कुछ भी हासिल कर सकती थी, पर मैंने ऐसा कभी चाहा ही नहीं। टूटी-फूटी एक छोटी-सी दुनिया है मेरी, उसी में भी लोग जीने नहीं देते। कुतिया की तरह दुर-दुर करते रहते हैं...।" गोमती की असहाय आँखों से आँसू उमड़ आये।

खुशाल ने उठकर उसे बाँहों में बाँध लिया। "गोमी, तूने गल्त समझा। मैं तो केवल यही चाहता था कि अब हौरों के बारे में न सोच। इसीलिए मैंने...।"

"माँ अपने बेटे के बारे में न सोचे ? क्या मैं साँपिन हूँ ? अपनी कोखजाई सन्तान को भूल सकती हूँ ? सड़क की औरत समझते हो न, जिसे बीस-बीसी रुपै में धड़ी भरकर तुमने अपने घर बिठा लिया ?" आवेश में गोमती के नथुने फड़कने लगे।

गोमती का यह रूप कभी देखा न था खुशाल ने। इसलिए और अधिक चकित था। उसका तमतमाया चेहरा कितना सुन्दर लग रहा था !

उस रात खुशाल उसे खींचकर फिर अपने कमरे में ले गया, पर वह पत्थर

की तरह निष्प्राण पड़ी रही। शरीर में कहीं कोई हरकत नहीं।

"मेरा मन ही उचट गया है अब ! मुझे छोड़ दो ! कुछ भी तो अच्छा नहीं लगता !"

पर यों ही कैसे छोड़ सकता था खुशाल ! उसकी वस्त्रविहीन देह को देर तक सहलाता रहा। इस भुवनमोहिनी के बिना वह जी सकता है—उसने कभी कल्पना भी नहीं की थी।

"तेरी इजा बीमार है तो सोद कर आ।...हाँ, लधौंन न जाना। कल ही लौट आना, हर हालत में... !"

वैसे ही पड़ी रही गोमती।

"तेरे लिए और कपड़े बनवा दूँगा। गहने बाट दूँगा।"

गोमती ने कोई उत्तर नहीं दिया।

०० ०० ००

दिन निकलने से पहले ही, सुबह-सुबह वह चल पड़ी बीमार माँ को देखने के लिए।

वैसी ही थी माँ, न जी रही थी और न मरकर ही मुक्त होने के आसार झलक रहे थे। पयाल के बिछौने पर हड्डियों की ठठरी पड़ी थी, जिस पर केवल चमड़ा था। गोमती की बूढ़ी मामी भी आज ही आयी थी भौंरा गाँव से—टहल-टुकड़े के लिए।

बाहर आँगन में लोहा पीटने की आवाज़ आ रही थी। आग के चारों ओर घेरा बनाये लोग बातें कर रहे थे—"पिरमा हौलात से जल्दी ही छूट जाएगा। कचैरी में मामला चला गया है। जब कोई गलती ही नहीं की उसने तो सजा क्यों मिलेगी ?"

"सजा का गलती से क्या सम्बन्ध ?"

"सम्बन्ध हो या न हो ! देख लेना वह जल्दी न लौटा तो !"

बहस चल रही थी, पर गोमती की दृष्टि सूरज के सरकने की गति पर लगी थी। आज ही नरसिंह डाँडा लौट आने के लिए कह आयी थी। रात तक न पहुँची तो फिर तूफ़ान मचाएँगे सब मिलकर !

"इजा, मैं फिर आऊँगी... !" कहकर वह चल पड़ी अकेली ही।

गोमती का मन आज बहुत उदास था। नरसिंह डाँडा की तरफ़ पाँव नहीं बढ़ पा रहे थे। पिपलाटी की धार से लधौंन गाँव साफ़ दीख रहा था। डूबते सूरज की अन्तिम किरणें चीड़-वनों की चोटियों पर उझक-उझककर झाँक रही थीं।

—कुन्नू उस बंजर धार में कहीं बकरियाँ चरा रहा होगा !

—कुन्नू को कलिया रोज धमकाता होगा ! फिरवा कुत्ते की पोथि की तरह कान पकड़कर घसीटता होगा !

—शरीर पर अब चीथड़े भी शेष न होंगे ! इस सर्दी में अभागा नंगा ठिठुरता होगा !

—बाप के झेल जाने के बाद अब कौन देखता होगा उसे ?

—इतना सन्ताप ! इतनी बड़ी सजा ! माथा पकड़कर गोमती पगडण्डी के किनारे बैठ गयी।

अँधेरा घिर आया तो उसके लड़खड़ाते पाँव नरसिंह डाँडा की तरफ़ नहीं, अब कहीं और बढ़ रहे थे—किसी दूसरी दिशा में !

सोलह

तीन-चार दिन तक गोमती न लौटी तो सहज ही आश्चर्य हुआ। गोमती के मैके आदमी भेजा तो पता चला कि वह तो उसी दिन लौट गयी थी—साँझ से पहले।

लधौंने भी पहुँची नहीं !

तो फिर ! खुशाल हाथ मलता हुआ क्रोध से उबल रहा था। उसे लग रहा था कि यदि घर में उसे यों प्रताड़ित न किया जाता तो सम्भवतः कहीं भागती नहीं। इसका दोष वह अपनी दोनों पत्नियों के माथे मढ़ रहा था, जिन्होंने उसके तन पर से गहने-पत्ते ही नहीं उतारे, बल्कि भकार-सिन्दूक की ताली-कुंजी भी ज़बरदस्ती हथिया ली थी। आँख के तिनके की तरह बाहर निकालकर उसे दालान में डाल दिया था।

कलिय'का और तेजराम हँस रहे थे। जब भी उसकी बात होती, जो भी ज़िक्र छेड़ता, उसी को सम्बोधित कर कहते, "हँ ला, हम तो पहले कहते थे कि राँड भले चलन की नहीं। सुना है, नरसिंह डाँडा से भी भाग गयी अब ! खुशिया कपाल पीट रहा होगा। कहीं भी वह टिक नहीं सकती। उसके मुख मानुस का माँस लग गया है, पता नहीं अभी कितनों को खाती है... !"

खिमु'का की वृद्धा पत्नी, नन्हे कुन्नू को कभी अपने घर बुलाकर बासी रोटी का ग्रास दे देती, तो कभी अपने बच्चों का उतारा, फटा-पुराना उसके नंगे तन पर डाल देती, "सबसे खोटे करम ले के यही अभागा जनमा—बिना कपाल का। माँ-बाप के होते हुए भी मुला हो गया, निपट अनाथ ! इसकी बिथा कौन समझेगा ?"

उस ममतामयी का हृदय भर आता, "कुनुवाँ, जब भूख लगती है, छिपकर इधर आ जाया करना हँ इजु, मेरे लिए जैसा मेरा पतिया है, वैसा तू... !"

किसी का कहना था कि इस बार माल-भाभर चली गयी है। रुदिया ने

पानसिंह के ठेले में बैठी देखी थी। कोई 'डराईभर' भगा ले गया होगा, लारी में लादकर !

मर भी सकती है, दुख से निस्तार पाने के लिए—कुछ लोगों का अनुमान था।

०० ०० ००

कुछ महीने भिंगवाड़ा, तल्ली रौ की ओर, अपनी माँ के तरफ़ के कुछ रिश्तेदारों के यहाँ भटककर गोमती जाड़ों में उन्हीं के परिवार के साथ तराई-भाभर की तरफ़ चली गयी थी। वहीं किसी का धान कूटेगी, किसी की झोंपड़ी के लिए बाँस काटेगी, किसी के मकान के लिए ईंट-गारा ढोएगी, किसी के 'फारम' में घास काटेगी, तब भी दो रोटियों का मिजान तो हो ही जाएगा !

पर गोमती के सामने अब मात्र दो रोटियों का प्रश्न न था। किसी भी तरह बूँद-बूँद पैसा सहेजकर, खुशाल की धड़ी की रक़म चुकानी थी, ताकि फिर लधौंन जा सके। छोटे-से छौने तथा रुग्ण पति की याद रह-रहकर आती तो वह विह्वल हो उठती।

—करम में मरना ही लिखा है तो तीनों जनें साथ मरेंगे—एक साथ !

दो खुटिया जानवरों की माँद में उन्हें छोड़कर आना, किसी भी क़ीमत पर स्वीकार न था उसे।

बहुत-सी ग़रीब औरतें अपने परिवार के साथ, तराई-भाभर में, इसी तरह मेहनत-मजूरी करके एक गास भात का बन्दोबस्त करती थीं। वह भी उन्हीं के झुण्ड में शामिल हो गयी।

कुछ दिन सैनापानी, दोगाड़ी के गोठों में भटकी, फिर कुछ रिश्तेदारों के साथ खटीमा रही। तराई के सघन वन काटकर नये-नये फ़ार्म बन रहे थे। जंगलों के सफ़ाई अभियान के लिए कम पैसों पर काम करनेवाले मज़दूरों की ज़रूरत थी। गोमती भी सबके साथ मिलकर, दिन-रात कटे पेड़ों की जड़ें निकालती। गड्ढों पर मिट्टी डालकर समतल करती, ताकि ट्रैक्टर चलाने में असुविधा न हो।

कसी-कुदाली चलाते-चलाते हाथों में छाले पड़ गये थे। आँखों के नीचे काली-काली झाइयाँ ! परन्तु गोमती ने न दिन देखा, न रात। पागलों की तरह निरन्तर काम पर जुटी रही।

दो-तीन महीने की कड़ी मेहनत के बाद उसके पास अब तक केवल चार बीसी रुपये जुड़ पाये थे ! उसे ज़रूरत थी—बीस बीसी की !

बीस-बीसी तक पहुँच पाना, उसके लिए पंचचूली की चोटी लाँघने के समान दुष्कर हो रहा था। वह परेशान थी, बेहद दुखी !

"बड़ी मेहनताऊ है जे मजदूरन !" लाला तिरपन लाल अपना पोला मुँ फुलाते हुए कहते, "जे का गजब का काम करत है ! बड़े-बड़े पेड़न को खटाख कुल्हाड़ी चलाय के ढेर करि देत है !"

तिरपन लाल की खटीमा-मण्डी में आटे की चक्की थी, जिसे लड़के सँभाल थे। जंगल में इमारती लकड़ी काटने का ठेका भी कभी-कभी ले लेते थे। इन साथ-साथ उन्होंने शहर से दूर बनबसा के पास एक बहुत बड़ा फ़ार्म बनाया १ अभी, जिसके कुछ हिस्से में गत वर्ष से ईख की खेती हो रही थी। अब शे भाग साफ़ कर धान बोने का इरादा था।

बिजली का पम्प लग गया था। फ़ार्म के दक्षिणवाले सिरे पर एक छोटा-स छप्पर डाल दिया था, मजदूरों के रहने के लिए। इससे जुड़े और भी फ़ार्म थे कई लोगों के, जिनमें साल में दो-दो फ़सलें लहलहाती थीं। तिरपन लाल की आकांक्षा थी कि पड़ोसियों की तरह उनके फ़ार्म में भी हरियाली का हरा रंग और गहरा उभरे। लछमी अब 'बौपार' में नहीं, फ़ारम में बरसेगी—उनका अनुमान था अतः फ़ार्म-निर्माण का काम युद्ध-स्तर पर शुरू कर दिया था।

गोमती के काम से खुश होकर लाला तिरपन लाल ने उसकी मज़दूरी मर्द के बराबर कर दी थी। उस पर भी कभी सन्तोष न होता तो चुपके-से एकाध नोट उसकी ओर और सरका देते—उसकी मज़दूरी के रुपयों के साथ और, फि बिना बात अपने आप 'खें-खें' हँसने लगते।

गिनना तो आता न था गोमती को। अतः जितना कुछ प्राप्त होता, पाई-पाः समेटकर मैले कपड़े की गाँठी में सहेजती चली जाती।

कई बार काम के बहाने चुपके से गोमती को पास बुलाकर लाला 'फारम में ही उसे हमेशा के लिए रखने का प्रलोभन दे चुके थे, पर गोमती ने फनककर मना कर दिया था, "लाला, हम ग़रीब ज़रूर हैं, पर ऐसे-वैसे नहीं... !"

"हो-हो-हो !" लाला अपने घुटे सिर पर हाथ धरकर, पोला मुँह फुलाते, "अपन गल्त बात थोड़े ही बोल रहे ! फारम में काम-वाम करना बुरा है का ?"

गोमती उठकर चली जाती।

ज्यों-ज्यों गरमी बढ़ती चली गयी, पहाड़ से आये मजदूर फिर पहाड़ की ओर मुँह किये लौटने लगे। घास-फूस से बनी सभी अस्थायी बस्तियाँ, जिन्हें 'गोठ' कहते, धीरे-धीरे वीरान होने लगे। 'शिवरात्रि के बरत' के बाद तो जंगलों में इमारती लकड़ी चीरनेवाले चिरान भी कन्धों पर आरे लटकाये, गुड़-भेली,

कपड़ा-लत्ता, चना-चावल ख़रीदकर, बसों में लद-लदकर भागने लगे।

जाड़ों में जो काफ़ले तराई की ओर आने के लिए आतुर थे, उन्हें अब पहाड़ों में भागने की उतावली थी।

लाला तिरपन लाल ने मज़दूरों का हिसाब कर दिया था। रुपये चुकाते-चुकाते भी कहना न भूले, "सुन्ती है तू ! बैनीराम बतलाता था कि घर में कोई नहीं है तेरा ! यहीं काम-धाम क्यों नहीं करती ? जब तलक तिरपन लाला है, मऊज करेगी, मऊज !"

गोमती ने आँखें तरेरकर देखा, "मेरे घर-परिवार में सब हैं लाला, सब ! उनके लिए ही मैं हिंया हाड़ तोड़ती रही। बिन्नाम तो ऐसे ही कहता है, तेरे को खुश करने के वास्ते। मैं ऐसी-वैसी नहीं ! मेरे को गलत समझ रहा है !"

अपने मोटे-मोटे भद्दे होठ चबाते हुए लाला फिर हँसे, "अपन ने तेरे कू क्या बोला ! बता ! काम कर्ने से कोई काम गलत हो जाता... ?"

सोर-पिथौरागढ़ के तरफ़ के किसी अवकाश प्राप्त वृद्ध सैनिक का ग़रीब परिवार गत वर्ष गरमियों में लाला के फ़ार्म में रहा था। प्रतिमास राशन-पानी के अलावा कुछ रुपये भी उसे दे दिया करते थे लाला। औरत-मरद, बच्चे बरखा-घाम में दिन-रात फ़ार्म में जुटे रहते। इस वर्ष उनके बनबसा से चले जाने से लाला परेशान थे। उनकी मेंड़ के पास एक और फ़ार्म था, किन्हीं सरदारजी का। उनके चौकीदार के भरोसे रहना कठिन था। बरसात में जंगली हाथियों के द्वारा फ़सल रौंधे जाने का ख़तरा भी निरन्तर बना रहता।

आदमियों की कमी हो, ऐसी बात न थी, पर लाला पैसों के मामले में अत्यधिक निपुण थे, धेला खरचते हुए प्राण निकल जाते थे। इन गरमियों के लिए एक बुढ़िया लाला ने तैयार कर ली थी, पहाड़ में जिसका कोई भी नाते-वेलेवाला शेष न था। अतः जब तक घट में परान हैं, उसने अपनी घड़ी यहीं काटने का निश्चय कर लिया था। परन्तु उसे कुछ दीखता न था, रतौंधी के कारण।

अपना हिसाब-किताब लेकर, परिवार के साथ सब लोग चोरगलिया के रास्ते पहाड़ जाने की तैयारी करने लगे। गोमती भी पोटली बाँधकर चलने लगी।

चोरगलिया में रात बिताकर, प्रातः तड़के पहाड़ की पहली चढ़ाई पार करनी थी। लोग खुश थे कि दो-तीन महीने घाम तापने, भात खाने के अलावा तेल-तमाखू का बन्दोबस्त भी हो गया था। बाल-बच्चों के लिए कपड़े-लत्ते का भी।

आसमान में तारे बिछे था। हवा में उतनी गरमी न थी अब। पीपल के पेड़

के नीचे डेरा लगा रखा था। पास ही दूसरे पेड़ों के नीचे खूँटियाँ गाड़कर घोड़े, गाय, बैल, बकरियाँ बाँध रखी थीं। दो पत्थरों के ऊपर पतीली धरकर कहीं दाल बुदबुदा रही थी, तो कहीं भात पक रहा था।

अपने हिस्से के दाल-चावल गोमती ने किसी को पकाने के लिए दे दिये थे, परन्तु उससे खाना खाया न गया। सिर-दर्द का बहाना बनाकर वह सो गयी।

भोजन-पानी के पश्चात् दिन-भर के थके लोग धीरे-धीरे बिछौनों पर गिर पड़े। पास ही जलती आग बुझ गयी, पर गोमती की आँखें खुली की खुली थीं। इत्ती मेहनत-मजूरी के बाद केवल कुछ ही रुपये जुड़ पाये थे अब तक ! पहाड़ पहुँचते ही खुशाल को पता तो लग ही जाएगा। दो-चार आदमी साथ लेकर, घसीटकर वह घर ले जाएगा और फिर वहीं नरक !...पिरमा हौलात के चक्कर लगाता रहेगा। कुनुवाँ दूसरों की भेड़-बकरियाँ चराएगा और वह दूसरों के जूठन पर हमेशा पलती रहेगी। गिद्ध की तरह लोग उसे नोचते रहेंगे। हे परमेसर ! वह कराह उठी।

आगे चलने के लिए सुबह मुँह-अँधेरे ही सब तैयार होने लगे। गाय-डंगर रात के चौथे पहर से पहले ही रवाना हो गये थे। असबाब बाँधकर, हाथ-मुँह धोकर बैलों-घोड़ों पर सामान लादकर सब चलने लगे थे। पशुओं के गले में घण्टियाँ खनखनाने लगीं। पहाड़ी, कच्चे दुर्गम रास्तों में ढेर सारी धूल उड़ने लगी।

सुबह-सुबह ठण्डे में जितना रास्ता तय हो जाए अच्छा है। धूप लगने पर पहाड़ियाँ पार करना कठिन हो जाता है।

सबकी देखा-देखी गोमती ने भी अपनी गठरी बाँधी, लेकिन पाँव आगे न उठ पा रहे थे। सबसे पीछे-पीछे चल रही थी—अकेली ! पिछले कुछ दिनों से इस इलाके में जंगली खूनी हाथी का आतंक छाया हुआ था। इसलिए भीड़ की शक्ल में सब साथ-साथ बढ़ रहे थे—घण्टियाँ, थालियाँ बजाते हुए। ज़रूरत पड़ने पर आग जलाने की भी व्यवस्था उन्होंने तैयार कर रखी थी।

दोपहर को अगले पड़ाव पर भोजन के लिए सब रुके तो लोगों ने देखा कि गोमती लापता है !

सत्रह

"लाला, मुझे काम चाहिए !" गठरी नीचे रखकर गोमती ने पसीना पोंछा।

अपनी आदत के अनुसार लाला तिरपन लाल 'हि-हि' हँसने लगे, "फ़ारम ही तेरा है। काम-वाम की तुझे का जरूरत ?"

"नहिं, नहिं लाला, तूने खेत में मजदूरी के वास्ते बोला था न !"

"हाँ, बाबा ! अपन तो पैले ही बोला न कि फ़ारम तेरा है। हमकू पत्ता था–पलटकर ज़रूर आएगी ! तिरपन लाल के बाल धूप में तो सुफ़ेद हुए नहीं। दुन्या देखी है। हँ हँ हँ..."

थुलथुल चेहरा, अधखिचड़ी बाल–गोमती देखती रही।

"अच्छा, बोल, कित्ती मजदूरी लेगी ? फ़ारम में ही रहेगी ना–बुढ़िया के साथ।"

गोमती ने सिर हिलाया, "जित्ती ठीक समझे, लाला दे देना।" कुछ क्षण गोमती चुप रही, फिर कुछ सोचती हुई बोली, "बरस-भर तेरे खेत में काम करूँगी, ठीक बरस-भर ! ठीक आज के ही दिन चली जाऊँगी। बोल, बीस-बीसी रुपये देगा ?"

बीस रुपये की एक बीसी होती है, लाला जानते थे। इसलिए चट हिसाब लगाकर बोले, "जास्ती है रे !"

"हँ, लाला, मेरे को तो इत्ते ही चाहिए," तनिक दृढ़ता से गोमती ने कहा, "पूरे इत्ते, कमी-बेसी नहीं !"

लाला तिरपन लाल भूखी गिद्ध-दृष्टि से देखने लगे, "अपन कू खुश करेगी तो तेरे कू इत्ते भी दे देंगे। लेकिन, काम-धाम में कमी नहीं कर्नी है, समझी ना रात को लप-लप करता जंगली हाथी आएगा, तो तेरे कू तुरत आग जलाकर

उस्को भगाना पड़ेगा। और-और शोरगुल मचाना पड़ेगा, खाली मूली में—समझी नाँ !"

सारी शर्तें गोमती ने सिर झुकाकर स्वीकार कर लीं।

०० ०० ००

धान की फ़सल तैयार हो गयी। रात को हाथी तो नहीं आये, पर लाला नियमित आते रहे। हाथी के आने में शोरगुल मचाना आवश्यक होता था, पर लाला के आने में मुँह पर हथेली धरकर चुपचाप सिसकते रहना पड़ता था। कभी-कभी गोमती सोचती—लाला के आने की अपेक्षा जंगली हाथी का आना शायद अधिक अच्छा रहता। एक ही बार में सारी यन्त्रणाओं से मुक्ति मिल जाती !

तराई की भीषण गरमी गोमती ने कभी देखी न थी। झीनी झोंपड़ी में जब दोपहर का सूरज ऊपर से आग बरसाने लगता, तब वह लू के झोंकों के साथ झुलस-झुलसकर चीख उठती। तमाम शरीर पर दाने ही दाने ! लोटा-भर पानी एक साथ गटक जाती, तब भी प्यास बुझ न पाती थी।

उसे तब घर के आँगन के उस पार चमचमाते धवल हिमशिखर याद आते। बाँज-बुरौंज की शीतल छाँह याद आती। चीड़-देवदार के पेड़ों की सुगन्धित हवा ! छन-छन मन-मन करता काँठिनौली का बर्फ़ीला जल ! पीते ही मरे आदमी के भी परान लौट आएँ !

उसकी प्यास तब और भड़क उठती।

घुटने-घुटने कीचड़ में सनी वह धान के हवा से गिरे पौधे सँभालती। हाथ-हाथ भर लम्बी बाल देखकर, उस जनम-जनम की भूखी अभागी की भूख ही मिट जाती। पहाड़ों में दिन-रात मिट्टी कपोरने के पश्चात् भी दो-तीन मन धान, गेहूँ, मँडुवा-माँदरा सम्भव न था, पर यहाँ उलटे हाथ से जहाँ भी बीज बिखेरा, लहलहाती हरी-भरी फ़सल तैयार ! आदमी डूब जाए—धान के ऐसे-ऐसे पौधे !

रात को मच्छर भिनभिनाते तो वह उठ बैठती। बाहर अँधेरे आँगन में आकर, दानव की तरह खड़े शीशम, शाल के वृक्षों को देखती रहती।

लाला ने अपने सुख के लिए एक मसहरी दे दी थी। गुरगुदैला कोमल बिस्तर तथा दो-तीन अच्छी-सी साड़ियाँ भी। पर गोमती उन्हें कभी पहनती न थी। लाला जब फटकारते तो कभी यों ही तन पर लपेट लेती। उन लाल-लाल साड़ियों से अपना बदन ढकते ही उसे लगता, जैसे आग की लपटें लपेट ली हों ! सारा शरीर जलने-सा लगता !

० ०　　　　　　　　० ०　　　　　　　　० ०

बरसात के दिनों में पानी ही पानी ! सारे खेत-खलिहान डूब जाते। गँदले पानी में खड़ी गोमती कितने ही टूटे हुए प्रतिबिम्ब बटोरने लगती—

पति को लेकर अब वह मैके चली आएगी और वहीं किसी के खेतों में मेहनत-मज़दूरी करेगी। तीन प्राणियों का पेट भरना क्या मुश्किल है ? अभी दिन-रात वह खेतों पर काम कर सकती है, बिना विश्राम किये।

कौन जाने पिरमा ठीक हो ही जाए ! इस बार दस्सें के मेले में वह उसे गौतोड़ा ज़रूर ले जाएगी। डंगरिया-देवता वहाँ नाचते हैं। उनकी सौंली लग गयी तो वह पहले की तरह काम करने लगेगा !

उनका भी एक घर होगा। कहीं किसी जंगल में बेकार पड़ी, बेनाप-बंजर ज़मीन पर खेती करेंगे। बकरियाँ पालेंगे। मण्डी से लोहा खरीदकर बरतन बनाएँगे !

सपनों की न जाने किस दुनिया में खो जाती गोमती !

''अए, गौंम्ती, का कर रई ऐ ?'' आँगन में जीप के रुकते ही लाला तिरपन लाल की आवाज़ से उसकी तन्द्रा टूटती।

''जैसी चोक्खी तू है, वैसी चोक्खी फ़सल भी हुई इस साल। तेरे कू धान के बोरे में तोल देंगे—सम्झी ?''

गोमती हँस पड़ती, ''मेरे को तोलकर क्या होगा लाला ? तू अपने को तोल—खूब भारी पड़ेगा !''

''खूब भारी है न अपन ? तू तो जान्ती है ना ! बहुत भारी है !'' लाला तिरपन लाल अपनी गोल टोपी ठीक करते। सफ़ेद धोती का पल्ला सँभालते कि कहीं गँदले पानी के छींटे न पड़ जाएँ !

झक-झक सफ़ेद कपड़ों पर दाग़ लाला को सह्य न था, भले ही मन पर मनों स्याही हो !

० ०　　　　　　　　० ०　　　　　　　　० ०

फिर ठण्डी बयार बहने लगी। पहाड़ों की ऊँचाइयों से उतरकर लोग फिर तराई के मैदानों में 'ठिड्ढियों' की तरह बिछने लगे। घने वनों में हलचल शुरू हो गयी ! पहली ही फ़सल अच्छी होने के कारण लाला खुश थे। चार-पाँच ट्रक ईंट गिरवाकर छप्पर पक्का करवा दिया था।

अपने रिश्तेदारों के फिर आ जाने से गोमती के बुझे चेहरे पर एक बार फिर रोशनी फिर आयी थी।

—खुशिया मुझे ढूँढ़ रहा था।

—खुशिया ने सारी जगहें छान मारीं। सुना है, खटीमा तक भी आया, पर पता-पानी न मिलने के कारण ग्वालों के साथ वापस चला गया।

—तुझे क्या हो गया गोमती ? गरमी से झुलसकर तू तो काली हो गयी !

गोमती ने कोई उत्तर न दिया।

"लधौंन गयी थी कभी ?" साथ आयी एक रिश्तेदारन से पूछा, सन्नाटा तोड़ते हुए।

"द, गयी क्यों नहीं ? बेनाप ज़मीन की मुकरट के सिलसिले में हम सब लोहाघाट गये थे, लधौंन से होकर। कुनुवाँ देखा था। तेरा ज़िक्र आते ही टुल-टुल रोने लगा। हमें क्या पता था कि तू इसी फ़ारम में फिर लौट आयी है ? हमने तो सबसे कह दिया था कि तुझे जंगली हाथी ने कुचल दिया है ! तेरी तो किरिया भी हो गयी ! लधौंन के खिमु'का ने पिण्ड-दान भी दे दिया... !"

गोमती अवाक् रह गयी।

"खुशाल के घर से कोई कुसल-बात... !"

"सुना है, बड़ी सौत तो बरसात में, बाँज के पेड़ से गिरकर मर गयी थी। मँझली के पाँव भारी हो गये हैं। बकरियाँ बेचने का धन्धा अच्छा चल रहा है। उसने भी मान लिया है कि हाथी ने ही तुझे मार डाला होगा, नहीं तो साथ चलते दगड़े से छिटककर कहाँ चली जाती ?"

"लधौंन हमारे घर के भीतर गयी थी न ! खाने-पीने के लिए राशन-पानी तो क्या होगा ? दूसरों के घर भीख माँगकर वे दिन काट रहे होंगे... !"

"हँ हो, झूठ तो मैं बोलने से रही। घर के भीतर तो नहीं गयी। भाग-भाग में ही रहे, जल्दी में। हाँ, पिरमा ज़रूर मिल गया था, खेत से लौटता हुआ। पंख निकाली हुई घुघति चिड़िया-सा हो गया था। देखते ही कलेजे के ब्याँरे हो जाते हैं—टुकड़े-टुकड़े ! कभी कितना खुपसूरत था—पंजाबियों जैसा ! सत्यानासी कलिया ने उसकी कैसी गत बना दी ! बिना पानी के मरेगा, देख लेना खबीस ! ऐसा कुपचित ! हाय ! हाय !"

अठारह

गोमती बरस-भर दिन गिनती रही थी। इस एक बरस के वनवास में उसने क्या-क्या नहीं झेला था ? ये सारी नारकीय यातनाएँ, वह एक ही उम्मीद पर झेल रही थी, इसी एक दिन के लिए—

"बरस पूरा हो गया लाला, मेरा हिसाब कर दे !"

लाला तिरपन लाल हँसने लगे, "बड़ी मूरख है गौंमती तू। तेरे कू पक्का मकान बनवा रहा हूँ। पानी का नलका लगवा रहा हूँ और तू पहाड़ जाने की रट लगाये है ! वहाँ कूँन है तेरा बता ? हमकू पता है, तेरे घर में सब मर गये !"

"नहीं, नहीं लाला !" गोमती ने लाला के होठों पर अँगुलियाँ रख दीं, "ऐसी कुभाखा मत बोलना कभी ! तेरे को मैंने पेस्तर कह दिया था—साल-भर काम करके चली जाऊँगी ! मेरी मिहनत-मजदूरी चुका दे ! मैं तुझसे और कुछ नहीं माँगती !"

"लाला तेरी तनखा बढ़ा देगा। तेरे कू अब काम कर्ने की ज़रूरत नहीं। तू यहाँ रह और खा ! तेरी देख-रेख अपन करेगा। अपनी औरत के माफ़िक तेरे कू रखेगा !"

"नहीं-नहीं," गोमती चिल्ला पड़ी, "साल-भर तक तूने जो कहा, मैंने किया। बता, कभी तेरे किसी काम को मना किया ? तू आया, अपने यार-दोस्तों को भी लाया, पर हमने कभी कुछ कहा ? अब मेरी तनखा दे दे लाला, नहीं तो मैं तेरे दरवाज़े पर फाँसी लगा लूँगी, फिर मत कहना !"

गोमती ने लाला तिरपन लाल के पाँवों पर सिर टिका दिया, "गरीबी के कारण सब सहा लाला, नहीं तो हम ऐसे-वैसे नहीं... ! अब एक दिन भी यहाँ नहीं रह सकती। साल-भर तक तेरे खेतों में काम किया। तेरा जूठा-पीठा खाया। बता, क्या-क्या नहीं किया ? लाला, मैं मर जाऊँगी, अपने बच्चे का मुँह देखे

बिना हो !''

लाला का हृदय पसीज उठा। उसे ऊपर उठाते हुए बोला, ''अच्छा, अच्छा, जा बाबा, तू जा ! अपन फ़ारम चौपट होगा तो होने दे ! खेती नहीं करेगा और का ? पर तू जा !'' जेब से चार सौ रुपये निकालकर लाला ने उसकी हथेली पर धर दिये। रास्ते के खर्चे के लिए कुछ रुपये अलग से, ''लाला बुरा है, ऐसा किसी कू मत बोल्ना ! अच्छा, तू जा !''

लाला के दिये अच्छे-अच्छे कपड़े-लत्ते गोमती ने यहीं छोड़ दिये। यहाँ की एक भी वस्तु वह साथ नहीं ले गयी। धोती-कुरता परे हटाकर, उसने फिर अपनी परम्परागत आँगड़ी-पिछौड़ी पहन ली !

उन्नीस

बकरी के तीन बच्चे कल रात बाड़े से ही मेलियाबाघ उठा कर ले गया था।

खुशाल परेशान था। इसी तरह बाघ आता रहा तो सारी की सारी बकरियाँ चौपट हो जाएँगी। तब उसके 'तिजारत' का क्या होगा ? पण्डित बुधानन्द का अंकुश दिन प्रति दिन कसता चला जा रहा था। पर जब बकरियाँ ही शेष न रहीं तो फिर !

उसके नये आबाद 'पलौट' में गेहूँ-जौ की फ़सल कट रही थी। वहीं से थका-हारा रात को घर लौटा था। आशंका थी कि यदि रात में बारिश हुई, ओले गिरे तो अन्न का एक भी दाना घर न आ पाएगा। इसलिए जल्दी-जल्दी फ़सल काटकर, इकट्ठी कर लेने पर तुला था। पास-पड़ोस के तीन-चार और औरत-मरद कल मदद के लिए पाली लगाकर आ रहे थे—सुबह-सुबह ! मँझली से अब चला-फिरा नहीं जा रहा था ! फिर इत्ती सुबह, उदो होने से पहले रोटियाँ कैसे सेंक पाएगी... ?

किवाड़ मूँदकर वह सोया ही था कि बाहर दरवाज़े खटखटाने की जैसी आवाज़ सुनाई दी।

क्षण-भर के लिए आशंका हुई कि कहीं मेलियाबाघ ही दरवाज़ा न टटोल रहा हो। बिछौने पर से ही चिल्लाया वह, "अरे, कौन है रे—?"

पर प्रत्युत्तर में कोई आवाज़ न आयी।

द्वार पर लटकी लोहे की मोटी साँकल उसी तरह खटखट करती रही—लगातार।

खुशाल बाहर निकले, दरवाज़ा खोले, इससे पहले उसने चाक के कठवाड़े की छोटी-सी खिड़की खोली। बाहर अँधियारे में झाँका, "हँ ला, कौन है तू—?"

किवाड़ की ओट छाया-सी खड़ी थी, "मैं... !"

खुशाल ने पहचाना नहीं, पर किवाड़ खोल दिये।

अन्धकार में सामने खड़ी नारी-प्रतिमा को देखते ही वह भय से चीखा "कौन, गोमती ? तू तो मर गयी थी... ?"

उसे गोमती का भूत समझकर खुशाल के रोंगटे खड़े हो गये, पर गोमती वैसी ही अविचल खड़ी थी। उसका मुँह ताकती रही, "हाँ, मर तो गयी थी, दुबारा जनम लेकर फिर आयी हूँ..."

अब तक मँझली भी आ गयी थी। उसके दाहिने हाथ में चीड़ का जलता हुआ छोटा-सा छिलका था।

छिलके के मद्धम प्रकाश में गोमती की ओर भय-त्रस्त दृष्टि से दोनों ताकते रहे।

गरमी से झुलसकर शरीर का रंग काला पड़ गया था। देह भी शिथिल थी। बड़ी-बड़ी उदास आँखों के नीचे काली झाँइयाँ ! गोमती पहचानी तक नहीं जा रही थी।

यह गोमती नहीं, गोमती का प्रेत है !

दोनों काँपते हुए हाथों से उसे बाहर धकेलकर किवाड़ बन्द करने लगे–

"तू जा ! मरकर अब यहाँ क्यों चली आयी ? सुना था कि तेरी सद्‌गति लधौंन के खिमुआँ ल्वार ने कर दी थी। पिण्ड-दान भी हो गये... !"

"क्या तुझे नहीं करनी चाहिए थी मेरी सद्‌गति ? मेरा पति था न तू !" गोमती का स्वर झनझना आया। दाँत पीसते हुए, उसने देखा तो वे दोनों कुछ पीछे हट गये, बचाव के लिए किवाड़ की आड़ में !

"मेरी सद्‌गति तो हो गयी, पर तुमारी कैसे होगी ? इसीलिए आयी हूँ आज ! धड़ी भरने की रकम चुकाये बिना तूने मुझे अपने बेटे से मिलने के लिए नहीं जाने दिया था न ! ले गिन रुपै ! पूरे बीस बीसी हैं न !" गोमती ने आँगड़ी की जेब में छिपायी गाँठी खोली और सारे रुपये उसके मुँह पर दे मारे, "ले गिन ले ! पूरे हैं न ! अब तो मैं तुझसे मुक्त हो गयी न ! डर मत, मैं तो खुद ही तेरी देहरी के भीतर पाँव नहीं रखूँगी अब... !"

जिस तरह गोमती आयी थी, उसी तरह अँधियारे में ओझल हो गयी।

बीस

सूरज अभी-अभी उगा था। फड़का, मॉंनर के गाँव को पार करती, नदी के रास्ते गोमती लधौंन की चढ़ाई हाँफती-हाँफती चढ़ रही थी कि गाँव के सब मरद सिर मुँड़ाये, जोस्यूड़ा की नदी से नहा-धोकर ऊपर आ रहे थे—मातमी सूरत बनाये।

मरी हुई गोमती को यों सहसा सामने देखकर सब चौंक पड़े।

"तू तो मर गयी थी ! क्रिया-कर्म भी तेरे हो गये थे ! फिर तू कहाँ से चली आयी ?" भय से काँपते हुए किसी ने पूछा।

"तुम लोगों के लिए तो मैं जीते-जी मर गयी थी... !" उसका गला भर आया, "मर जाती तो ये पाप कौन भुगतता... ?"

सिर मुँड़ाकर खिमु'का और भी नाटे लग रहे थे। गोमती को तनिक परे ले जाकर, रुँधे कण्ठ से बोले, "हमारा पिरमा कल रात मर गया ब्वारी ! तू एक दिन पहले आ जाती तो शायद यह सब न होता..."

गोमती जैसी खड़ी थी, वैसी ही अवाक् खड़ी रह गयी। न रोयी, न चिल्लायी—एक भी शब्द होठों से फूटकर बाहर न निकला।

खिमु'का उसका हाथ पकड़कर घर ले गये तो वह निष्प्राण-सी पीछे-पीछे चल पड़ी—मिट्टी की गाय की तरह !

"कल रात झोंपड़ी में आग लगी और उसी में जल गया अभागा !" पास खड़े किन्हीं वृद्ध सज्जन का उदास स्वर था।

सचमुच झाड़ की झोंपड़ी जल गयी थी। जले-अधजले काले खम्भे, काली ज़मीन पर आड़े-तिरछे गिरे पड़े थे। फटे-पुराने चीथड़े, काठ का टूटा सन्दूक़, कमर पर बाँधने वाली कपड़े की पेटी, जिसे लाम पर जाते समय देवराम भूल गया था—सब जलकर राख हो गये थे। खूँटे पर पिरमा की फटी क़मीज़ का अधजला

चीथड़ा हवा में झूल रहा था।

"इजा, तू आ गयी ?" कुन्नू उसकी ओर लपका तो उसने बाँहों में भर लिया, "बाज्यू को कल इन्होंने मार डाला इजा ! तू कहाँ चली गयी थी, हमें छोड़कर ?" वह सुबक-सुबककर रोने लगा।

खिमु'का की वृद्धा पत्नी गोमती को अपने घर ले गयी। घर के अँधियारे, एकान्त कोने में ले जाकर बोली, "तू परमेसर की सौं खाकर, किसी से कुछ कहना नहीं बहू ! नहीं तो ये राकस हमें ज़िन्दा ही ज़मीन में गाड़ देंगे !" फुसफुसाती हुई वह अपना मुँह उसके कान के पास ले गयी, "हमारे पिरमा की हत्या कर दी इन राकसों ने। कल जंगल गया था—गाय-डंगरों को लेकर। वहाँ से लौटते समय कलिया के बैल का पाँव खड्ड में गिर जाने के कारण, पता नहीं कैसे टूट गया था ! कलिया गुस्से में दौड़ता हुआ गया। न जाने क्या हो गया था उसे ! अँधियारे में ही पिरमा के सिर पर इतनी ज़ोर से लाठी मारी कि वह वहीं पर चित्त हो गया। पानी तक नहीं माँगा बिचारे ने... !

"यह क्या हो पड़ा ? सोचते ही कलिया डर के मारे काँपने लगा। आधी रात तक गाँव के बुज़ुर्ग-बूढ़ों को अपने घर में घेरकर पंचायत बैठाता रहा। पुलस-पटवारी का भय था। आदमी की हत्या के मामले में सारा गाँव उजड़ जाता, इसलिए पिरमा की लाश चुपके से घर में बाँधकर, उस पर मट्टी का तेल छिड़क कर आग लगा दी उसने। कह दिया कि झोंपड़ी में आग लगने के कारण जलकर मर गया बिचारा !...ऐसे कुपचित वाले हैं निठोर ! तेजवा तो कहता था कि कुनुवाँ को भी ज़िन्दा ही आग में डाल देते हैं, पर इसका अन्न-जल बाकी होगा। बाप के मरते ही यह बिचारा पता नहीं कहाँ भाग गया ! हे भगपती माई... !" उसने अपने दोनों हाथ जोड़े, "तू ने इस बालक के परान बचा दिये... !"

गोमती को जैसे काठ मार गया ! अब भी वह वैसी ही, विस्फारित नेत्रों से देख रही थी—पगली-सी।

कुछ क्षण उसी तरह खड़े रहने के पश्चात् उसे न जाने क्या सूझा ! कुन्नू का हाथ पकड़कर बावली-सी दौड़ी। कलिय'का के आँगन पर क्षण-भर ठिठककर बोली, "कलिया कसाई, जिस तरह तूने मेरे कुनुवाँ के बाप को जलाया, उसी तरह तुझे भी ज़िन्दा ही आग में भून-भूनकर न जलाया तो मैं भी...मैं भी...मैं भी औरतजात नहीं !"

दाँत पीसती हुई, गोमती दौड़ती हुई जंगल की ओर निकल पड़ी। बाल बिखरे थे, कपड़े अस्त-व्यस्त, उसे आज तन की तनिक सुध नहीं थी। पगली-सी वह जंगल की ओर बेतहासा भाग रही थी।

०० ०० ००

साँय-साँय कर साँझ बीती। रात आयी। पर गाँव में किसी के भी घर आज चूल्हा नहीं जला। पिरमा की मौत पर मातम मनाने के लिए सबने छाक रखी—किसी ने भी खाना नहीं खाया।

सब सो गये थे।

अमावस की-सी अँधियारी रात का तीसरा पहर भी अभी बीता न था कि आस-पास के गाँवों के सभी लोग चौंककर सहसा जग पड़े थे।

दूर अन्धकार में उन्होंने बड़ी-बड़ी लपलपाती लपटें देखीं—आसमान को छूती हुईं। घास के घरौंदे धूँ-धूँ कर जलते हुए—जल-जलकर राख होते हुए !

बस्ती से दूर काल-भैरवी-सी विकराल बनी एक माँ अपने दुधमुँहे बच्चे का हाथ थामे अँधियारे में पता नहीं कहाँ जा रही थी ? सुबह होने में शायद अभी कुछ समय था !

□□□